PEORES
QUE LOS OSOS

Miguel Ángel González González

PREMIO LITERARIO • GOBIERNO DE CANTABRIA 2024
XXVII Concurso de Cuentos - Manuel Llano

GOBIERNO
de
CANTABRIA
CONSEJERÍA DE CULTURA,
TURISMO Y DEPORTE

Premios Literarios de Cantabria 2024
Modalidad: Premio de Cuentos Manuel Llano

Consejero de Cultura, Turismo y Deporte
Luis Venancio Martínez Abad

Jurado:

Presidenta
Dª. Eva Guillermina Fernández Ortiz
Directora General de Cultura y Patrimonio Histórico

Vocales:
D. Dámaso López García
Dª Leticia Bustamante Valbuena
D. Paco Gómez Nadal

Secretaria:
Dª Ana Gutiérrez Marcos

Primera edición: Mayo 2025
© Miguel Ángel González Gónzalez
© Ediciones Tantín
Diseño y maquetación: Ediciones Tantín

ISBN: 978-84-129978-7-3
Depósito Legal: SA-206-2024
Impreso en España – Printed in Spain

PROFUNDIDADES

«Lo único que nos separa de los animales es que nosotros tenemos pornografía».

CHUCK PALAHNIUK
Asfixia.

Con dieciséis años vi a un vagabundo masturbándose. Hacía frío. Lo primero que vi fueron sus pies. No tenía zapatos. Sí los tenía, aunque no los llevaba puestos. Dos zapatillas deportivas negras con las costuras descosidas. Estaban sobre el asfalto. Las zapatillas estaban en el suelo y el vagabundo se encontraba tumbado en un banco de madera. Vi sus pies, cubiertos por unos calcetines blancos de algodón. La parte de la planta estaba verdosa; enmohecida, pero no tenían agujeros. Sus pies se movían de arriba abajo o de izquierda a derecha. No lo recuerdo. Sus pies se movían ligeramente y yo pensé que tiritaba. Hacía frío y él era un vagabundo y yo sentí lástima por él. Primero vi sus pies y luego el resto de su cuerpo. Tenía los pantalones bajados hasta la mitad de los muslos y se masturbaba con violencia, agarrando su pene con ambas manos, como esas brujas de las películas que cocinan a un niño en una olla gigantesca y oxidada. Lo que más me sorprendió fueron sus uñas. Eran unas uñas largas y sucias, parecía que acabara de desenterrar algo con ellas. No me detuve, lo miré girando el cuello sin suspender el paso. Sus ojos estaban cerrados. O quizá no, quizá estaban abiertos. Pero él no me vio. De eso sí estoy seguro.

9

«¿En qué piensan los vagabundos cuando se masturban?», le pregunté a Juan Carlos cuando me habló de esas personas que lo han perdido todo y acaban viviendo dentro de los aeropuertos como si esperasen un vuelo que nunca llega a despegar.

La primera vez que vi a Juan Carlos pensé que su cara no encajaba del todo con las gafas que llevaba. Su cara era pequeña, fina y alargada. Y sus gafas —de montura dorada— tenían un tamaño gigantesco, en lugar de cristales para corregir el astigmatismo, era como si alguien le hubiera anclado a las orejas un par de raquetas de tenis. Lavábamos platos en El Corte Inglés de la calle Serrano. Cada uno se ponía a un lado de la máquina que limpiaba los restos de comida de los comensales con sosa cáustica. Yo me situaba a un extremo y él en el otro, a unos tres metros de distancia. Mi trabajo consistía en colocar los platos sucios sobre una bandeja de plástico y el suyo en recogerlos limpios y secarlos con un paño de algodón. Era estricto en su labor. A mí me parecía que su nivel de exigencia estaba muy por encima de nuestra función dentro de la empresa y del salario que cobrábamos por llevar a cabo la tarea. No solía hablar nunca. Cuando consideraba que una taza o un vaso no cumplían con el nivel de calidad exigido, caminaba los tres metros que nos separaban y me señalaba la imperfección con su dedo índice. Después regresaba a su puesto y yo volvía a introducir la taza o el vaso en la máquina. Le gustaba leer libros de bolsillo agarrándolos con una sola mano mientras fumaba con la otra. Lo hacía enrollando las páginas ya leídas sobre la contraportada. Fumaba con la mirada fija en el libro y su cabeza se iba envolviendo en humo. Lo hacía durante los treinta minutos diarios de descanso. Leía y consumía cuatro o cinco cigarrillos antes de regresar a su puesto. Los apagaba directamente en la suela del zapato. Se cruzaba de piernas y movía enérgicamente la mano como si estuviera intentando hacer un dibujo con la ceniza en la planta de su pie. Después se guardaba la colilla en el bolsillo del uniforme. Una vez le pregunté por su libro favorito. Tardó tres días en responder. Lo hizo entregándome un papel recortado a mano —del tamaño de un cuarto de folio— en el que había anotado una veintena de autores y títulos, colocados todos ellos por orden alfabético.

Si alguien me pidiera que resumiese la personalidad de Juan Carlos usando una sola anécdota, sin duda elegiría esa.

Con el tiempo y las mudanzas la perdí, pero durante años conservé aquella lista. Solo recuerdo algunas de sus anotaciones: *Las ratas rojas de Sebastopol*, de Hans Klüberg. *Todas las almas*, de Javier Marías. *La guerra de las salamandras*, de Karel Čapek. *Un mundo para Julius*, de Alfredo Bryce Echenique. *Ada o el ardor*, de Vladimir Nabokov. *El lobo estepario*, de Hermann Hesse y *El corazón de las tinieblas*, de Joseph Conrad.

Compartimos trabajo durante seis meses y amistad durante más de una década. Cuando venció su contrató decidieron no renovarlo. Alguien debió pensar que tres metros no eran tantos metros y que una misma persona podía meter los platos sucios por un lado y recogerlos limpios al otro extremo. Nos dimos un apretón de manos y le deseé suerte. Le había visto secar cazuelas, vasos y sartenes durante casi doscientos días, pero aquella fue la primera vez que me fijé en sus dedos. Eran largos y huesudos. Como los de un pianista enfermo, o como las raíces de las malas hierbas, o como el amasijo de cables que se ocultan detrás del televisor. «Me irá bien —me dijo—, siempre logro seguir adelante, aunque nadie cuente con ello». Esa fue su despedida. No me dio más explicaciones. Me dijo eso, separamos nuestras manos y se marchó. En aquel instante pensé que nunca más volveríamos a vernos. También que no volveríamos a saber nada el uno del otro. Me equivoqué. Lo hice en ambas predicciones. Mantuvimos una larga amistad virtual que duró más diez años. También volvimos a vernos. Dos veces. Únicamente dos veces. Me asomé a la ventana de la cafetería y le vi recorrer la calle Serrano fumando un cigarrillo. Sin libro, pero con su cabeza envuelta en humo.

Todo lo que durante nuestra relación profesional fue silencio, se convirtió en largas narraciones en la amistad epistolar posterior. Nunca nos escribimos cartas, pero a Juan Carlos le gustaba referirse a nuestros interminables correos electrónicos como comunicaciones epistolares. El primer mensaje lo envié yo. Tres líneas. Cuarenta y dos palabras. Fue más por cortesía que por un interés real. Le preguntaba cómo se encontraba y si ya tenía un nuevo empleo. Tardó tres días en contestar. Otra vez tres días. Por las dimensiones de su respuesta, cualquiera hubiera asegurado que había empleado cada una de esas setenta y dos horas en redactarla. En su texto —aunque yo no se lo había pedido y ni siquiera recordaba con exactitud sus palabras— me explicaba con detalle el motivo que le había llevado a pronunciar su frase de despedida. Durante el tiempo que pasó en Málaga realizando el servicio militar, sufrió una infección de orina por la que tuvieron que ingresarlo en el hospital. Una infección que se complicó y que le llevó a no poder levantarse de la cama durante semanas y que le hizo orinar sangre. Una sangre roja y densa que cuando salía le producía un dolor similar al de expulsar cuchillas de afeitar. Cuando se recuperó y regresó junto al resto de sus compañeros, el oficial al mando la tomó con él por su frágil salud y le puso como apodo Margarita —me contaba también en su carta que nunca tuvo del todo claro si lo hizo por la flor, o por tratarse de un nombre de mujer—. El caso es que una noche otro chico del cuartel se voló el cráneo con el cetme que usaban para realizar las maniobras. Se lo introdujo en la boca y apretó el gatillo. El estallido fue tal que la mayoría de los dientes salieron disparados por el agujero que la bala le produjo en el cráneo. Fue otro el que lo hizo, pero cuando el disparo retumbó por los pasillos, todo el mundo pensó que había sido Juan Carlos el que se había suicidado. Esa historia del pasado fue la mejor forma que encontró de explicarme que a él las cosas nunca le salían bien, pero que pese a todo resistía y continuaba caminando. Lo hacía, aunque todas las personas de su alrededor creyeran que tarde o temprano acabaría rindiéndose. Esa fue la tónica habitual en nuestras comunicaciones. Sus correos electrónicos eran como elaborados relatos de ficción en los que detallaba sus infortunios vitales, textos en los que solía añadir datos curiosos que, de alguna u otra manera, se relacionaban con la narración principal. En su primer mensaje me hablaba del alma de las armas de fuego, del espacio cilíndrico y alargado que da forma al cañón de un revólver o una escopeta. Las primeras versiones solían ser lisas, pero con el paso de los años se fueron perfeccionando añadiendo una serie de estrías que se enroscan sobre sí mismas a lo largo de la superficie interna. Las estrías logran que el proyectil rote al ser disparado y, como si de un balón de rugby se tratara, la bala conserva la orientación durante el vuelo, por lo que mejoran tanto su alcance como la puntería del arma. A este tipo de cañón —me explicaba Juan Carlos en las últimas líneas de su email— se le llama habitualmente ánima giroscópica. El cañón del cetme que el chico usó para volarse la tapa de los sesos era liso. No tenía estrías ni rayas de ningún tipo. Aun así, le produjo un agujero en la cabeza del tamaño de un donut por el que salió disparada toda su dentadura.

Mis primeros relatos de ficción los escribí tras el despido de Juan Carlos. El tiempo que él dedicaba a leer —sujetando los libros con una sola mano— y a fumar —envolviendo su cabeza en humo— yo comencé a emplearlo en escribir cuentos cortos. Lo hacía en el patio de luces de la cafetería. Un espacio al aire libre destinado al almacenamiento de refrescos y botellas de agua con gas. Me sentaba sobre un barril de cerveza y apoyaba el cuaderno en mis rodillas. No era cómodo, pero era el único lugar en el que nunca había nadie y en el que no se escuchaban ruidos. Comencé a escribir textos tras la marcha de Juan Carlos, pero pasaron al menos dos años hasta que le envié uno de ellos. No lo hice hasta que sentí que había dado con una historia realmente buena. El relato hablaba de un tipo que comienza una huelga de hambre para intentar recuperar su puesto de trabajo. Es electricista o soldador o cerrajero. No lo recuerdo bien. No lo recuerdo porque él no es el protagonista. La protagonista es una niña. La hija de la hermana del tipo que comienza una huelga de hambre para recuperar su puesto de trabajo. Una niña que vive en otra ciudad y que viaja junto a su madre con la intención de convencer al hombre de la necesidad de dar un paso atrás y volver a alimentarse. Pero él se niega. Les asegura que lo hace por sus hijos y por los hijos de sus hijos y por todos los que vendrán tras ellos. También les confiesa que conoce su derrota de antemano, que no tiene la menor posibilidad de ganar, que asume que nunca recuperará su empleo, pero que ese es justo el motivo por el que tiene que hacerlo, porque si se rinde sin luchar nada impedirá que los fuertes sigan abusando de los débiles. Pelear —pese a asumir la derrota de antemano— es lo único que le queda. Entonces la madre y la niña —que habían recorrido varios cientos de kilómetros para convencerlo— sienten que él tiene razón. Sienten que ese soldador o ese cerrajero o ese electricista está haciendo lo correcto. Esa misma noche la policía asalta la nave industrial en la que están encerrados todos los empleados que han perdido sus puestos de trabajo. Alrededor de dos docenas de hombres, muchos de ellos acompañados por sus familias. Los antidisturbios les lanzan pelotas de goma y bombas de humo para intentar desalojarlos. Y en medio de todo ese caos y toda esa incertidumbre, el soldador o el electricista o el cerrajero mata accidentalmente a un agente. LO mata con la rama de un árbol. La rama de un abedul o la de un castaño. Eso tampoco lo recuerdo bien. El policía lleva un casco, pero aun así muere. Es una muerte casi ridícula. Una muerte estúpida. Pero una muerte al fin y al cabo. La madre y la niña se enteran a la mañana siguiente. Han alquilado una habitación en un motel de carretera y es allí —mientras desayunan en el salón comunitario— cuando ven en las noticias que un agente ha muerto durante los disturbios producidos la noche anterior. Lo corregí y se lo envié a Juan Carlos como un archivo adjunto en un correo electrónico en el que le pedía su opinión. No necesitó tres días para responder. Lo hizo unas pocas horas más tarde. Un mensaje escueto en el que solo decía: «En España la gente no duerme en moteles de carretera, en España la gente duerme en pensiones».

Seis años después de su despido como friegaplatos, Juan Carlos encontró empleo en el aeropuerto. Lo hizo la misma semana en que le extrajeron dos muelas. Las piezas dieciséis y diecisiete del maxilar superior derecho. Nueve puntos de sutura que le impedían hablar, reír o comer alimentos sólidos. Tras la intervención tendría que esperar alrededor de siete meses hasta que el hueso volviera a solidificarse para que pudieran colocarle un implante. Un implante idéntico a las dos piezas extraídas, fabricado a partir de un molde de su mandíbula. Idéntico, pero mucho más frágil. Me habló de ambas situaciones en un mismo mensaje. «La buena noticia —me escribió—, es que por fin he encontrado trabajo. La mala —me aclaró—, es que no podré volver a comer frutos secos».

Lo primero que le contaron al llegar al aeropuerto de Barajas, fue que allí vivían al menos cincuenta personas que simulaban haber perdido un vuelo. Cincuenta era un número aleatorio, seguramente fueran más; muchas más. Al principio —me explicó Juan Carlos— no era fácil identificarlos. Tenían tan asumido su papel que lo interpretaban todo el tiempo. Veinticuatro horas. Cada día. Esperando constantemente un avión que nunca llegaba. Muchos arrastraban maletas por los pasillos. Maletas vacías. Se situaban frente a las pantallas informativas y las observaban con atención durante minutos. Algunos, incluso, disponían de tarjetas de embarque recogidas de la basura. Eso le daba una mayor verosimilitud a su interpretación. Miraban los horarios de los vuelos que despegarían a lo largo de la mañana o la tarde, y luego bajaban la vista hacia sus manos para contemplar los datos impresos de un avión que ya había partido semanas, meses o incluso años atrás. Estaban aseados porque podían lavarse en el baño y tenían buen aspecto porque se alimentaban de las sobras que los pasajeros tiraban a la basura o de los restos que dejaban en las mesas de las cafeterías. Al principio era difícil identificarlos, pero con el paso de las semanas Juan Carlos fue capaz de ir encontrando imperfecciones. Le resultaba divertido descubrirlas, como en esos pasatiempos de los periódicos en los que aparecen dos imágenes aparentemente iguales, pero que están llenas de diferencias casi imperceptibles. «La ropa —me aclaró en un mensaje—. La primera pista siempre se encuentra en la vestimenta. Parecen prendas normales, como las de cualquier otro pasajero, pero si las miras con atención descubres manchas. Ese tipo de manchas ovaladas con la forma del mapa de Carolina del Norte o del mapa de Caracas o el de Luanda. Manchas pequeñas. Entre el tamaño de una cereza y un lichis. Esas manchas que ya no se pueden limpiar. Manchas que no desaparecen. Una vez descubres las manchas, todo lo demás llega rodado». De lo que él definía como «lo demás», lo que más llamó mi atención fueron sus miradas. Ojos vacíos que se posaban en las cosas sin prestarle la menor atención. Unos ojos cansados de mirar la vida. Durante meses, en cada uno de sus correos electrónicos, Juan Carlos me describía a un nuevo personaje. Mi favorita era una mujer negra, de más de cien kilos de peso, ataviada con una túnica de colores llamativos que se pasaba el día profiriendo maldiciones contra los pasajeros y el personal del aeropuerto. La llamaban Aretha por su parecido con la reina de soul. Era mi favorita porque, a diferencia del resto, ella no simulaba estar esperando un vuelo, sino que aseguraba haber ido hasta allí para despedirse de su hijo. Le contaba la misma historia a todo el que quería escucharla. En su cabeza era Navidad todo el año. En su cabeza era Navidad una y otra vez y ella estaba allí despidiéndose de su hijo que se marchaba a Roma junto a unos amigos. Un grupo de siete personas. Cuatro chicos y tres chicas de entre diecinueve y veintiún años que se disponían a celebrar las fiestas en Italia. En su cabeza era Navidad todo el año y hacía frío y había niebla y ella se quedaba de pie junto a una gran vidriera desde la que le decía adiós con la mano al avión en el que acababan de embarcar su hijo y sus amigos y luego se daba la vuelta y se ponía a caminar y cuando no había recorrido ni una decena de pasos, escuchaba el estruendo. Juan Carlos me contó la historia y yo busqué la información en internet. Todo lo que Aretha contaba era cierto. El accidente tuvo lugar en las Navidades de 1983. Un Boeing 727 de Iberia con destino al aeropuerto Internacional Leonardo da Vinci de Roma colisionó con un McDonnell Douglas DC-9 de la aerolínea Aviaco. Los pilotos intentaron evitar el impacto, pero no lo lograron. El fuselaje trasero del Boeing 727 golpeó al DC-9 provocando un aparatoso incendio. Entre los dos aviones sumaban 135 pasajeros. Fallecieron 93. Entre ellos, un grupo de siete estudiantes. A Juan Carlos le pareció divertido mi trabajo detectivesco. No necesitó más que un par de párrafos para desechar toda mi investigación. Muchos compañeros habían visto llegar a Aretha al aeropuerto por primera vez. No llevaba allí instalada más de cuatro años y el accidente había ocurrido hacía más de treinta. «Todos hacen lo mismo —me aclaró—, usan datos reales para inventarse sus vidas falsas. Siempre dicen estar esperando un avión que llega con retraso. Y son aviones que realmente se han retrasado.

Otros visten con traje y corbata y hasta llevan maletines para asistir a un congreso de medicina en Zúrich o uno de antropología en Manila. Y esos congresos también existen. Lo leen en los periódicos o ven la noticia en la televisión de la cafetería. Es lo único que les queda. En el fondo no lo hacen para engañar a los demás. Lo hacen para engañarse a sí mismos. Cuando tu vida se ha ido por el desagüe, la única forma de mantenerte en pie es apoyándote en una mentira realmente convincente». Eso fue lo que Juan Carlos escribió. Lo hizo y en la siguiente línea continúo hablando de otro tema. De otra cosa cualquiera. Como si no tuviera la menor importancia. Como si lo que acabara de escribir no encerrara todo el dolor y toda la desesperanza y toda la crueldad del mundo.

La mayoría dormía en las sillas ubicadas junto a las puertas de embarque. Otros lo hacían tumbados directamente sobre el suelo, usando sus maletas vacías o ropa doblada como almohada. Pero algunos dormían en el aparcamiento. En coches abandonados. Vehículos que habían sido aparcados allí para evitar tener que abonar el impuesto correspondiente al darlos de baja. Personas abandonadas durmiendo en coches abandonados. «Los usan como cama y también como armario. Guardan prendas en el maletero para cambiarse de ropa cada cierto tiempo. Supongo que será allí también donde tengan relaciones sexuales o se masturben». Leí su mensaje y fue entonces cuando —en mi respuesta— quise saber en qué pensarían todas esas personas al masturbarse. Los intenté visualizar. Hombres y mujeres viviendo vidas de mentira, sentados en el asiento trasero de un coche destartalado, y no fui capaz de imaginar qué imágenes podrían pasar por sus mentes al masturbarse. «¿Y cómo quieres que yo lo sepa?», fue todo lo que respondió Juan Carlos a mi pregunta.

Se llamaba Hiliana, pero Juan Carlos se refería a ella como Elena. Así fue como escribió su nombre la primera vez que me habló de la relación sentimental que los unía en uno de sus largos correos electrónicos. Se conocieron en una página de intercambio de idiomas. Él quería mejorar su inglés y ella perfeccionar su español. Al final acabaron dedicándole más tiempo a la anatomía del otro que a su lengua materna. Elena vivía en Sebastopol y trabajaba en un hotel. De ahí su manejo con el inglés. Nunca la vi en persona, pero una vez me compró un reloj. Un *Vostok Amphibia* como el que usa Bill Murray en la película *Life Aquatic*. Un reloj sumergible —fabricado durante los años de la Guerra Fría— que fue utilizado por el ejército soviético durante más de una década. Me lo envió en una caja, envuelto en papel de burbujas, e incluyó una cartulina con una carita sonriente dibujada a mano. Yo nunca la vi, pero Juan Carlos sí. Dos veces. Una en Ucrania y la otra en España. Me pidió que le llevara en coche al aeropuerto. Fui a recogerlo a su casa. Hacía años que no nos veíamos. Ocupó la plaza del copiloto y me saludó con un ligero movimiento de cabeza. Tuvo que reclinar el asiento para poder acomodarse. Estaba igual que la última vez que nos vimos. O quizá no, quizá había cambiado y

21

era otra persona diferente. Supongo que eso no tiene la menor importancia. Me pareció extraño que —pese a que nuestra relación se había mantenido en el tiempo— no nos hubiéramos vuelto a ver. No hablamos demasiado. Juan Carlos dejó de ser el Juan Carlos irónico de sus correos electrónicos para volver a ser el Juan Carlos lacónico que lavaba platos y vasos en *El Corte Inglés* de la calle Serrano. Durante el trayecto recordé que *Las ratas rojas de Sebastopol* fue uno de los libros que incluyó en la lista que me entregó con sus recomendaciones. Al despedirnos le di un regalo para Elena como agradecimiento por el reloj. Un libro. La colección de relatos *Todos los fuegos el fuego*, de Julio Cortázar. En la primera página escribí una dedicatoria en la que le deseaba que disfrutara con la lectura y que el texto le ayudase a perfeccionar su español. A modo de maleta, Juan Carlos solo llevaba una pesada mochila, casi como un petate militar. La sacó del maletero y me dio las gracias estrechándome la mano. Le dije que estaría bien que nos viésemos más a menudo. Él se limitó a asentir, pero no contestó nada. Anduvo hasta la puerta de entrada del aeropuerto y se detuvo frente a ella unos pasos antes de que esta se abriera de forma automática. Miró a su alrededor, lo hizo como si por un momento hubiera olvidado el lugar en el que se encontraba o el motivo que le había llevado hasta allí; o como una persona que en mitad de la noche, en medio de una carretera comarcal, divisa un platillo volante sobre su cabeza. No recuerdo el tiempo que transcurrió entre el viaje que realizó Juan Carlos a Crimea y el que hizo Elena a España. Tres meses. Seis, quizá. Pasaron algunos días en Madrid y también visitaron Santiago de Compostela. Juan Carlos me lo contó en un mensaje en el que detallaba su itinerario. También adjuntaba una fotografía. Una sola imagen tomada por Elena en el Parque de la Alameda. En ella se le veía a él sentado en un banco de madera junto a la estatua de Valle Inclán. Era una fotografía divertida porque en ella Juan Carlos imitaba la pose del escritor gallego, con las piernas cruzadas y la mirada al frente, perdida en el horizonte. No recuerdo el tiempo que transcurrió entre el viaje de Juan Carlos a Ucrania y el de Elena a España, pero lo que sí recuerdo es el tiempo que transcurrió entre el regreso de Elena a su casa y su fallecimiento: Tres días.

Una explosión de gas en la casa del vecino de abajo hizo que todo un lateral del edificio saltara por los aires. Elena vivía sola, acompañada por un perro y un gato. El gato se llamaba *Kukuruza*, que en ruso significa maíz. El perro se llamaba *Tykva*, que en ruso significa calabaza. Ambos sobrevivieron a la explosión. Ella no.

A Juan Carlos le gustaba tomar café solo sin azúcar en taza pequeña. La agarraba con ambas manos y la loza desaparecía entre sus dedos largos y huesudos como los de un pianista enfermo. Visto desde lejos parecía estar rezando, como si lo hiciera con tanta fe y tanta devoción que de sus manos naciera humo. No sé por qué pensé en eso mientras leía su último mensaje. A decir verdad, en aquel momento no podía saber que su mensaje sería el último que me enviaría, pero algo me llevó a intuirlo. Era un texto triste, melancólico, sin un ápice de la ironía que solía usar en los anteriores. Quizá por eso —mientras lo leía— me lo imaginé con sus manos juntas, ocultando entre ellas una taza de café y simulando la posición de un devoto que reza arrodillado en el banco de madera de una iglesia. No decía gran cosa. Sí lo hacía. Decía mucho más que en cualquier otro correo electrónico. Pero lo hacía sin la menor intención literaria, como alguien que envía un telegrama para informar de una situación concreta. Me hablaba de Elena y de la explosión de gas y de su muerte. También de sus mascotas. Se preguntaba quién se haría cargo del perro y del gato ahora que ella estaba muerta. Elena había muerto y a Juan Carlos le habían despedido del trabajo por incomparecencia. Eso me decía en su mensaje. La misma bombona de butano que había hecho saltar la casa en la que ella vivía por los aires, le había dejado a él postrado en la cama. Pasó una semana sin ducharse, sin apenas comer. Para cuando logró levantarse y salir de su apartamento, ya no tenía un trabajo al que regresar. «Me gusta pensar que me han despedido por su culpa», me decía. Al hacerlo sentía que la odiaba. Y era un sentimiento tan puro, tan real, que sabía que si lograba mantenerlo nunca la olvidaría del todo. Su texto solo se parecía en una cosa a los anteriores: también incluía una anécdota ajena a lo que estaba contando, pero que servía para resumir todo lo que había escrito. En el último párrafo de su último mensaje, Juan Carlos me hablaba del pez luna. El pez luna suele pasar largas temporadas en aguas profundas, pero algunas veces asciende a la superficie para sentir la calidez de su temperatura. Cuando está allí debe tener cuidado, ya que los tiburones intentan comerse sus aletas. Si lo consiguen, el pez luna desciende lentamente hasta el fondo sin poder hacer nada para evitarlo, muriendo de inanición en las profundidades del océano. A modo de despedida, Juan Carlos escribió: «Me gusta la imagen de una esfera blanca, con sus ojos pequeños y negros muy abiertos, hundiéndose despacio, asumiendo resignado su destino».

Esa misma tarde, después de leer el mensaje sobre la muerte de Elena y los peces luna que caen al abismo, le dije a Marja que fuéramos al cine. Marja y yo solíamos vernos en mi casa. Ella compartía piso con otras tres amigas y allí siempre había demasiado ruido y demasiada gente y demasiado humo. Hicimos el amor de pie, en el pasillo. Lo recuerdo porque la puerta del cuarto de baño estaba abierta y ambos giramos la cabeza para ver nuestros cuerpos reflejados en el espejo del lavabo. Después nos sentamos en el sofá, ella fumó un cigarrillo y yo le propuse ir al cine. Vimos una película antigua. Una reposición en homenaje a su director que había fallecido veinte o treinta años atrás. El director estaba muerto y Elena estaba muerta y la película hablaba de la muerte. La protagonista era una mujer. Una actriz. Una actriz interpretando a una actriz. La historia comienza el día del estreno de una obra de teatro que ella protagoniza. A la salida hay una muchedumbre intentando conseguir una fotografía o un autógrafo. Hay tanta gente que le cuesta llegar al coche que está esperándola al otro lado. Cuando ya lo ha conseguido una chica golpea con sus nudillos en la ventanilla. Es una adolescente que sujeta un bloc de notas. La actriz la atiende con amabilidad y le escribe una dedicatoria. O quizá no. Quizá le pide al conductor que arranque y la dejan allí. Esa parte no la recuerdo con claridad. Pero lo realmente importante es que la chica joven acaba sola en medio de la calzada y un coche se la lleva por delante. Muere en el acto. Marja había convivido con la muerte desde su infancia. Eso fue lo que pensé al ver la secuencia del atropello. La madre de Marja era una famosa soprano que daba recitales por todo el mundo. Falleció en un accidente automovilístico cuando su hija acababa de cumplir seis años. Era una cantante famosa que había actuado en la Scala de Milán y en el Royal Albert Hall de Londres y en el Gran Rex de Buenos Aires, pero se mató regresando de un concierto celebrado a una veintena de kilómetros de su casa. Marja acababa de cumplir seis años cuando sucedió y antes de celebrar el séptimo aniversario su padre se cortó las venas en el cuarto de baño. No pudo soportar el dolor producido por la pérdida de su amada, ni la responsabilidad de sacar adelante a la hija de ambos. Supongo que eso fue lo que me hizo darle la mano después de la escena del atropello. Creo que le extrañó. Aquella era la primera vez —desde el día en que nos conocimos— que nos veíamos fuera de su casa o de la mía. Nuestra relación era estrictamente física. Así lo habíamos decidido ambos. Follábamos y algunas veces ella se quedaba a dormir en mi cama y otras se vestía y regresaba a su apartamento con sus amigas y con su ruido y con su humo. Pese a lo extraño de la situación, entrelazó sus dedos con los míos y colocó ambas manos sobre su regazo. La película era larga y al final nos sudaban las palmas. A la salida le propuse ir a la playa. Esa misma noche. En ese mismo momento. «En poco más de tres horas habremos llegado —le dije—. Nos daremos un baño nocturno, buscaremos una pensión barata y por la mañana regresaremos». Marja aceptó. No trabajaba al día siguiente y le pareció una idea divertida. Llegamos de madrugada. Se quitó los zapatos, la camiseta y los pantalones. No llevaba sujetador. Salió corriendo y se metió en el agua sin esperarme. Yo no lo hice. Me senté sobre la arena y la miré. No era fácil distinguir su silueta en la oscuridad. No habíamos llevado toallas. Me pidió mi abrigo para secarse con él; el suyo lo había dejado dentro del coche. Se lo puso, abrochándose la cremallera hasta el cuello, y se acomodó a mi lado abrazando sus propias rodillas. Mientras esperábamos a que se secara para buscar un lugar en el que dormir, le hablé de los peces luna. No me prestó demasiada atención. Creo que fue porque estaba mojada y porque le conté la historia mucho peor de lo que Juan Carlos me la había contado a mí. Después le pregunté por su madre. «No recuerdo gran cosa de ella —me confesó—, pero algunas noches, cuando no consigo dormir, busco vídeos suyos en internet y la escucho cantar hasta que me vence el sueño». Le pedí que me pusiera uno. Lo vimos en la pantalla de su teléfono móvil. En la imagen una mujer joven vestida de blanco cantaba en medio de un escenario iluminado únicamente por velas. Marja tenía 28 años y la mujer del vídeo no parecía mucho mayor que ella. Me pregunté cómo sería saber que pronto envejecerías más que tu propia madre. «¿Qué dice la letra?», quise saber. «No lo sé —respondió—. Es italiano y yo no hablo italiano», me aclaró. «Es bonita», dije. «Es bonita», dijo ella. Y era verdad. Era una canción bonita y su madre era bonita y el escenario, iluminado por cientos de velas, también era bonito. Entonces comencé a llorar. No lo hice por la muerte de Elena, ni por la muerte de los peces luna, ni por la muerte de la chica de la película o la de su director. Lloré por Marja y por su madre, atrapada en la pantalla de un teléfono móvil, intentando hablarle a su hija en un idioma que ella no podía entender.

Supe que publicaría mi primer libro mientras lavaba los platos de la cena. Me llamó el presidente del jurado de un certamen literario para decirme que mi novela, la novela que nadie quería publicar, había ganado un premio convocado por una de las editoriales que previamente la habían rechazado. Después de darme la noticia quiso saber dónde me encontraba y qué estaba haciendo. Le dije la verdad; le dije que estaba lavando los platos de la cena y a todo el mundo al otro lado de la línea le pareció muy graciosa mi respuesta. Les pareció tan divertida que la directora de la editorial que publicaría mi libro me pidió que lo contase en cada entrevista que me hicieran. Y yo lo hice. La noticia del galardón apareció en varios medios de comunicación y todos usaron mi respuesta como titular. Días después escribí un correo electrónico a Juan Carlos. Habían pasado más de dos años desde su último mensaje. En todo ese tiempo yo había intentado comunicarme con él al menos media docena de veces, pero nunca respondía. Le conté que me habían dado un premio y también le dije que cuando me llamaron para comunicarme que había ganado estaba lavando los platos de la cena y que a todo el mundo le había parecido muy divertida la anécdota, aunque ninguno de ellos podía entender realmente lo que significaba; que solo él podía comprender el significado porque solo él sabía que comencé a escribir mientras lavaba platos. Finalmente, le decía que una editorial iba a publicar el libro y que ya había elegido la dedicatoria que serviría para abrir el texto: «Para Juan Carlos, por explicarme la diferencia entre un motel y una pensión».

La sede de la editorial se encontraba en Barcelona y allí se celebró la presentación. Viajé en avión. Me acomodé en una silla de plástico junto a la puerta de embarque y esperé. Fue entonces cuando vi a Juan Carlos. Estaba de pie, en el pasillo. Él no se había fijado en mí. Corrí a saludarlo. Reaccionó de una manera extraña, mirando a un lado y a otro como si estuviera a punto de contarme un secreto y no quisiera que nadie nos escuchara. Hablamos durante un rato. Uno frente al otro. Le pregunté si había recibido mis correos electrónicos y respondió moviendo la cabeza, realizando con ella un gesto extraño que interpreté como un sí, aunque, a decir verdad, podía significar cualquier cosa. «Pensé que ya no trabajabas aquí», le dije al comprobar que vestía el uniforme del aeropuerto. Sonrío. Al principio solo mostró una sonrisa a modo de respuesta. Luego dijo que le habían vuelto a contratar y un segundo después que estaba cubriendo una baja por enfermedad. Más que hablar, era como si estuviera susurrando, mirando al suelo, hacia los cordones de sus zapatos. Yo también bajé la mirada. Recorrí su cuerpo desde la cabeza hasta los pies y comenzaron a surgir las imperfecciones. Pequeñas, casi imperceptibles. La camisa estaba arrugada; en la zona del cuello y los codos había marcas de desgaste. Y el pantalón estaba sucio. Tenía diferentes manchas. Ese tipo de manchas ovaladas con la forma del mapa de Carolina del Norte o del mapa de Caracas o el de Luanda. Manchas pequeñas. Entre el tamaño de una cereza y un lichis. Esas manchas que ya no se pueden limpiar. Manchas que no desaparecen. Guardamos silencio. No había mucho más que pudiéramos decir. Juan Carlos levantó la cabeza y me miró a los ojos. Los suyos me parecieron diminutos tras la montura dorada y gigantesca de sus gafas. «En el pasado», dijo de pronto. «¿Qué?», respondí sin entender nada. «Tu pregunta —me aclaró—. Pensamos en el pasado. En lo que tuvimos y ya no tenemos. En todo lo que hemos perdido. Pensamos en eso al masturbarnos y también al dormir y cuando nos despertamos. Es lo único que hacemos. Vivir atrapados en una vida que ya no existe». No recuerdo lo que respondí. Creo que le di las gracias. Quizá no. Pero en cualquier caso fue una respuesta estúpida de la que luego me arrepentí. «Debería regresar al trabajo», dijo él, aunque no tuviera un sitio al que volver. «Yo tendría que embarcar si no quiero perder el vuelo», respondí, aunque todavía faltase más de una hora para el despegue. Nos separamos. Cada uno comenzó a caminar en dirección opuesta. Cuando llevaba recorridos una decena de pasos me giré. Esa fue la última vez que lo vi. Estaba parado entre la multitud. Nos miramos un segundo. Vi sus ojos pequeños y negros muy abiertos. Después se giró y continuó caminando y a mí me pareció como si estuviera hundiéndose despacio en las profundidades del océano, asumiendo resignado su destino.

DE LEJOS

«La vida cambia deprisa. La vida cambia en un instante. Te sientas a cenar y la vida que conocías se acaba».

JOAN DIDION
El año del pensamiento mágico.

La hermana de Leidi ha muerto. Primero enfermó y luego murió. Fue rápido, pero paulatino. Leidi viene un día a la semana a mi casa. Los jueves. Hace tres o cuatro jueves me dijo que habían ingresado a su hermana. No sabían qué le podía estar ocurriendo. Había perdido peso y algunas veces se mareaba y sentía náuseas. Luego me contó que era cáncer. Un tumor con el tamaño y la forma de una goma de borrar estaba alojado en su garganta o en sus pulmones o en su estómago. Le iban a poner un tratamiento, pero el oncólogo no parecía muy esperanzado. Paliativo. Esa fue la palabra que utilizó el médico y esa fue la misma palabra que pronunció Leidi cuando me lo contó. El tumor con la forma y el tamaño de una goma de borrar tenía decenas de ramificaciones que imposibilitaban una intervención quirúrgica. Me imaginé al doctor mostrándole una radiografía a la hermana de Leidi y a ella dándole las gracias, como en el poema de Carver. Hoy es jueves. Han pasado dos jueves desde que mantuvimos aquella conversación y ahora la hermana de Leidi está muerta. Rápido, pero paulatino.

Leidi aspira las pelusas del suelo, plancha mis camisas, limpia la grasa acumulada en el horno o en la campana extractora y me regaña. Me regaña por dejar las marcas de los dedos en los muebles del salón al abrirlos o por manchar de café el sofá. Leidi viene a mi casa un día a la semana, limpia durante un par de horas y después se marcha. Yo paso el resto del tiempo intentando no dejar rastro de mi presencia. Vivo como los ladrones de obras de arte de las películas, que entran en una galería por la noche vestidos de negro, caminan de puntillas —como si fueran ninjas sigilosos entrenados en el noble arte del combate—, cogen un cuadro y salen de allí sin dejar huellas.

Yo estoy vivo y la hermana de Leidi está muerta. Murió ayer. Ayer fue miércoles. Hoy es jueves. Leidi llega a casa y lo primero que dice es que su hermana ha muerto. Me lo dice mientras se quita los zapatos y la bufanda y el abrigo. Me lo dice y después entra en el baño para cambiarse de ropa y cierra la puerta y yo me quedo al otro lado sin saber qué contestar.

❖

«De lejos, el duelo duele menos», me confiesa Leidi mientras limpia los cuadros del salón. Primero lo hace con un plumero y después con un paño húmedo. Leidi nació en Colombia, pero hace más de veinte años que se marchó de allí. En todo ese tiempo solo ha regresado dos veces. Una cada década. Y esas son las dos únicas veces que vio a su hermana con vida desde que abandonó Bucaramanga. Ahora su hermana está muerta y ella ya no podrá volverla a ver. Me lo dice y se emociona. Lleva unos guantes de látex y es con ellos con los que se limpia las lágrimas. Es un llanto breve, un tanto artificial y sobreactuado. Leidi llora por su hermana muerta, pero su llanto es el de alguien que no tiene demasiadas ganas de llorar. Todas las Navidades se plantea ir de viaje a Colombia, pero me confiesa que no lo hace porque no le alcanza el dinero para el pasaje de avión. Me lo dice y yo me siento culpable, pienso que debería pagarle más. Me siento culpable por eso y porque, mientras ella me está hablando de su hermana muerta, no puedo dejar de mirar los cuadros. Mi casa es pequeña, tiene alrededor de cincuenta metros cuadrados, pero hay dieciséis cuadros. Leidi los limpia los jueves. Los limpia y los deja torcidos. Todos. Uno tras otro. Hasta dieciséis. En el salón hay siete cuadros que muestran siete secuencias diferentes de las películas de Wes Anderson. Junto a mi mesa de trabajo, uno en el que puede leerse la cita: «Encuentra lo que amas y deja que te mate, de Charles Bukowski». A un lado del pasillo, tres dibujos del cómico Miguel Noguera, al otro, un fotograma de Lee Van Cleef en la película *La muerte tenía un precio*, de Sergio Leone. En la habitación de mi hija hay una ilustración de Rocío Bonilla. En el cuarto de baño un disco de vinilo de Los Chichos enmarcado y, sobre el cabecero de mi cama, dos instantáneas tomadas por Vivian Maier. Leidi me habla de cuando era pequeña y jugaba en la calle a la rayuela con su hermana. Me lo cuenta y yo no puedo dejar de mirar la imagen del *Beláfonte* —el barco que aparece en la película *Life Aquatic*— que tras pasar por sus manos pierde la horizontalidad y parece estar en pleno naufragio.

Un jueves le envíe dieciséis fotografías a mi amiga María. En cada una de ellas podía verse un cuadro. Fue María la persona que me presentó a Leidi. Por eso lo hice, porque suponía que en su casa también dejaría los cuadros torcidos y que ambos nos reiríamos con las imágenes. La hermana de María está muerta. A la hermana de Leidi la ha matado un tumor con el tamaño y la forma de una goma de borrar y la hermana de María se murió mientras dormía. Estaba en casa, con su pareja. Tumbados en la cama. Miraban una serie en la televisión. Ella se quedó dormida primero. Él esperó hasta que terminó el capítulo, entonces apagó el televisor y se tumbó, rodeando su cuerpo con uno de sus brazos. Para entonces, la hermana de María ya estaba muerta. Él no podía saberlo. No podía saberlo y por eso pasó toda la noche abrazado a un cadáver. María me lo contó. María es pequeña y delgada y parece frágil. Pero no lo es. María me recuerda a Joan Didion. Joan Didion también es pequeña y delgada y parece frágil, pero tampoco lo es. Joan Didion perdió primero a su marido y luego a su hija y fue capaz de continuar viviendo cargando con todo ese equipaje.

La hija de Joan Didion se llamaba Quintana. El día de Navidad del año 2003 sufrió una embolia y tuvo que ser ingresada de urgencia en la UCI. Cinco días más tarde —la noche del 30 de diciembre— al marido de Joan Didion le dio un infarto y murió en el acto. Regresaban del hospital. Habían pasado la tarde allí, visitando a su hija. El marido de Joan Didion era escritor, como ella. Se llamaba John Gregory Dunne. Cada uno escribía novelas por separado y guiones cinematográficos juntos.

Llegaron a casa y él fue al salón y ella entró en la cocina y sirvió dos copas de vino tinto y cuando quiso darle la suya a su esposo, este ya estaba tumbado bocarriba sobre la alfombra. Joan Didion lo cuenta todo en la novela *El año del pensamiento mágico*.

No fue buena idea usar *El año del pensamiento mágico* en un club de lectura. En la escuela literaria en la que trabajo, coordino un club de lectura formado por doce personas. Diez mujeres y dos hombres. Todos tienen más de sesenta y cinco años. Estamos en Navidad y, puesto que los acontecimientos trágicos que narra Didion en su autobiografía tuvieron lugar la semana de Año Nuevo, pensé que sería una buena elección. Eso fue lo que pensé, pero no lo pensé demasiado. La primera en hablar fue María Luisa. Hacía frío y se había puesto una *pashmina* sobre los hombros, envolviendo su cuello y sus brazos. Se la ajustó antes de intervenir. «No ha sido fácil leer este libro —confesó—. Cuando mi marido falleció, pasé un mes entero sin poder hablar», nos dijo. Lo dijo y logró mantener la compostura, no derramó ni una sola lágrima, aunque algunas de sus compañeras sí que lo hicieron. María Luisa

39

nos contó que las palabras se negaban a salir. Ella también. Además de estar un mes entero sin pronunciar ni una sola frase, también permaneció todo ese tiempo encerrada. «Han pasado más de diez años y todavía hoy, si estoy en la calle y me ocurre algo, lo que sea, cualquier tontería, vuelvo a casa corriendo, deseando llegar para contárselo. Entonces entro y recuerdo que él ya no está. La semana previa a su muerte la pasamos organizando un viaje que realizaríamos ese verano, cuando él ya se hubiera jubilado. —Sonrío antes de continuar. Una sonrisa fría, cínica y dolorosa—. ¿Cómo es eso que dice Woody Allen en una de sus películas? —nos preguntó, pero respondió ella sin la ayuda de ninguno de nosotros—: Si quieres hacer reír a Dios, cuéntale tus planes».

Leidi encuentra la novela de Joan Didion encima de mi mesa de trabajo y la coge. Para hacerlo se quita los guantes de látex mojados. A Leidi le gusta leer. Sus escritoras favoritas son Julia Navarro y María Dueñas, por eso me pregunta si Didion se parece a ellas. Yo no he leído a Julia Navarro. Tampoco a María Dueñas. Pero aún así contesté que no. La imagen que ilustra el libro es una fotografía de la autora con los brazos cruzados, mirando hacia el objetivo que la está retratando. Leidi lo gira entre sus dedos y lee la sinopsis de la contraportada. Por el tiempo que emplea en hacerlo, deduzco que no la lee completa. Solo lo necesario para descubrir que no es el mejor texto para el momento en que se encuentra, así que lo deja otra vez sobre la mesa y vuelve a ponerse los guantes. Yo ocupo su lugar. Agarro el libro con los dedos de mi mano derecha y me dispongo a devolverlo a la estantería, pero no lo hago porque

—durante un instante— me sorprendo al descubrir lo nuevo que está. El marido de Joan Didion murió la noche del 30 de diciembre del año 2003, ella publicó el texto en 2005 y yo lo compré unos meses después, tras leer una entrevista en un periódico en la que le preguntaban por el título y ella respondía: «Los antropólogos y los psiquiatras hablan de pensamiento mágico para referirse a una actitud mental que nos hace sentirnos firmemente convencidos de que tenemos poderes para influir en el curso de los acontecimientos. *El pensamiento mágico* es característico de los niños. Cuando una pareja se divorcia es frecuente que los hijos se sientan culpables; tienden a creer que la causa de la separación es su mal comportamiento. Los ritos propiciatorios que buscan provocar la lluvia son un ejemplo muy característico de *pensamiento mágico* entre adultos. Cuando perdí a mi marido me aferré al *pensamiento mágico* con una intensidad que después me causó asombro. Me negaba a tirar sus zapatos porque estaba convencida de que si los conservaba, John volvería a por ellos». El ejemplar que sujeto ahora entre mis dedos de la mano derecha está nuevo. No parece tener quince años. No lo parece porque no los tiene. Y es que el ejemplar que sujeto con los dedos de la mano derecha lo adquirí hace solo tres meses; el anterior —el que compré tras leer la entrevista que le realizaron a Joan Didion— se lo quedó Marja.

De no haber sido mi alumna, Marja y yo nunca hubiéramos iniciado una relación. El primer día que asistió a uno de mis talleres de escritura creativa trajo un relato. Era un texto breve —de unas dos o tres páginas— en el que narraba una jornada cualquiera en la vida de Brian Johnson —el vocalista de AC/DC— tras verse obligado a abandonar la música por los problemas de audición que le han dejado al borde de la sordera. En un determinado momento su cuento decía: Donde una vez hubo un genio, ahora solo queda un traje vacío. Cuando terminó de leer toda la clase guardó silencio esperando escuchar mis comentarios sobre su trabajo; esperando que le indicase los puntos débiles de su ejercicio y los cambios que debía realizar para mejorar su obra, pero lo único que se me ocurrió hacer fue quedarme callado.

La primera vez que nos vimos fuera del aula quedamos en su casa. Marja tenía veintisiete años y yo treinta y ocho. Me puse un pantalón vaquero y unas zapatillas deportivas y una sudadera del color de una aceituna con capucha. No quería parecer un anciano a su lado. Me sentía ridículo. Llamé a la puerta. Ella había olvidado nuestra cita. Estaba viendo una serie de televisión y se había quedado dormida. Me recibió en pijama. El piso lo compartía con tres amigas. No me lo enseñó. Entré directamente al salón y me senté en el sofá, apartando la manta con la que ella se había tapado durante la siesta. Me preguntaba si habría más gente en la casa. Su ordenador portátil estaba en el suelo, conectado al televisor con un cable HDMI. En la pantalla se reproducía un capítulo de una serie. Una comedia en la que todos los personajes reían y parecían felices. Marja se sentó a horcajadas sobre mí y me besó. Su boca sabía a tabaco y a chicle de clorofila. Agarró los cordones de mi sudadera con sus manos. «En clase siempre llevas camisa», me dijo. Sentí como si ella fuese un vaquero sacado de una película de John Ford y yo un potrillo recién nacido al que le cuesta mantenerse en pie. Se dejó resbalar hasta arrodillarse sobre el suelo y me hizo una felación. Cerré los ojos. Sentí su lengua fría por el efecto de la menta y escuché las risas enlatadas que nacían de las entrañas de la televisión. Cuando terminó volvió a tumbarse en el sofá. Lo hizo apoyando la cabeza en un cojín amarillo y cuadrado y acomodando las piernas sobre mi regazo. «Estoy muerta —me dijo. Yo la miré, pensé que bromeaba—. Despiértame en media hora», me pidió. Y después cerró los ojos y se quedó dormida. Sobre la mesa de centro había decenas de manchas circulares, algunas completas y otras eran solo semicircunferencias, como si se tratara de un esquema que mostrara un ciclo lunar completo. Pensé en todos los vasos con bebida que habrían dejado aquellas marcas. También pensé en Maria Schneider diciéndole a Marlon Brando: *Es bonito no saber nada el uno del otro.*

Supe que no estaba enamorado de Marja la noche que su tío sufrió un ictus. Habían pasado siete meses desde la tarde en que me presenté en su casa vestido como un adolescente. Me llamó para contármelo. Estaba nerviosa. Estaba nerviosa y estaba drogada. Lloraba. Un llanto histriónico que a mí me pareció una carcajada. Me dijo que su tío había sufrido un ictus, que lo habían ingresado en el hospital y que no sabía nada más. Cuando su padre se suicidó tras el accidente mortal de su madre, fueron sus tíos quienes se hicieron cargo de ella y los sentía tan cercanos como a sus propios padres biológicos. Le pregunté dónde estaba y fui a recogerla. Hacía varios días que no hablaba con ella. Así funcionaba nuestra relación. Marja desaparecía durante cuarenta y ocho o setenta y dos horas y después regresaba. Lo hacía cuando tenía algo de lo que arrepentirse o cuando necesitaba un sitio tranquilo en el que dormir. La encontré en el Paseo de Recoletos. Sentada en un banco de madera. Mirando una fuente. Una fuente por la que no fluía agua. Miraba fijamente la estatua tallada en piedra. Estaba fumando. Las manos le temblaban por el frío y por los nervios. Se había puesto la capucha de la chaqueta. Le quedaba grande y la tela le cubría los ojos. Tenía las uñas de la mano izquierda pintadas de negro. Solo las de la mano izquierda. Me detuve frente a ella y no supe qué hacer. Pensé en abrazarla y pensé también en besarla, pero finalmente me incliné —de tal forma que nuestras cabezas se rozaron— y le pregunté si estaba bien. Hice lo que hubiera hecho cualquier desconocido. Parecía más tranquila. Dio una última calada, exhaló el humo hacia un lado y lanzó el cigarrillo al interior de la fuente. Me volvió a contar lo mismo que me había dicho en nuestra conversación telefónica, pero lo hizo sin llorar. Los tíos de Marja vivían a más de quinientos kilómetros de distancia. Mientras me esperaba, había estado buscando billetes de tren para viajar a la mañana siguiente. Me mostró algunos precios en la pantalla de su teléfono móvil. Le temblaban tanto las manos que no resultaba sencillo visualizar las cifras. Me senté en el banco de madera, a su lado. Nos quedamos un rato callados. Ella contemplando la fuente vacía y yo los semáforos situados a ambos lados del bulevar en el que nos encontrábamos. Los veía ponerse rojos y luego verdes y me imaginaba a los conductores pisando el freno o el acelerador guiados por sus colores. Marja se preparó otro cigarrillo. Le costó un buen rato acertar con las hebras de tabaco en el papel de liar. Tuvo que prenderlo varias veces porque se le apagaba constantemente. «Tengo que irme —dijo—. Aquí no hago nada. Mi tía no puede encargarse de todo. Yo aquí no hago nada, tengo que irme», repitió. Dio una calada, pero el cigarro se había vuelto a apagar. Asentí sin contestar nada. No tenía muy claro si se estaba dirigiendo a mí o si hablaba para ella misma. Volvimos a guardar silencio. Una pareja cruzó por el paso de peatones. Iban agarrados de la mano. Él llevaba un paraguas abierto que los cubría a ambos. El asfalto estaba mojado, pero no llovía. Imaginé mi vida sin Marja. Con ella viviendo a cientos de kilómetros de distancia. Sin que pudiera hacer uso de la copia de las llaves de mi apartamento para entrar y salir de mi vida cuando le asustaba la suya. «Vamos ahora —le dije—. No esperes a mañana. Vamos ahora. Yo te llevo. Tengo el coche aquí mismo. Podemos estar allí antes de que amanezca», le propuse. Nos pusimos de pie y caminamos uno al lado del otro. Marja me besó en el cuello, bajo el ángulo de la mandíbula. «Gracias», me dijo. Lo hizo usando un tono de voz infantil. Volví a sentir que ella era mi alumna y yo su profesor. «No me des las gracias, no es necesario», le dije. Y hablaba en serio.

Marja sacó dos libros de la mochila que había acomodado entre sus pies. El primero era *Matilda*, de Roald Dahl. Lo estuvo leyendo un buen rato en voz alta. A Marja le gustaba leer novelas infantiles en voz alta usando un falso acento argentino. Se le daba bien hacerlo. Tan bien que, durante una temporada, estuvo saliendo con un chico al que le hizo creer que había nacido en Tandil y que había vivido allí hasta su adolescencia. Ella me lo contó. Me contó que le había dicho lo de Tandil y también que aquel chico le gustaba mucho, pero que acabó separándose de él porque llegó un momento en que ya no tenía sentido decirle la verdad, pero en el que tampoco era ya divertido seguir mintiéndole. El segundo libro que extrajo tenía un título en inglés. Lo había escrito un amigo suyo; un amigo que era mexicano y que aspiraba a ser escritor, pero que lo único que hacía para lograrlo era imitar a Roberto Bolaño. Aunque no era un buen imitador de Roberto Bolaño. A decir verdad, era un imitador de Roberto Bolaño pésimo, peor incluso que Alejandro Zambra. Marja estuvo leyendo alrededor de media hora —alternando ambas novelas— y cuando se cansó de hacerlo se masturbó. Introdujo la mano derecha entre el pantalón vaquero y su ropa interior. Lo hizo sin desabotonarse la bragueta. No me miró mientras se masturbaba, mantuvo la vista fija en la ventanilla, contemplando el paisaje que íbamos dejando atrás. Árboles, señales de limitación de velocidad y tendidos eléctricos. Cuando llegó al orgasmo, me agarró la rodilla con su mano izquierda y apretó con fuerza. El trayecto duró más de cuatro horas. No hablamos demasiado en todo ese tiempo y no pasaron muchas más cosas. Jugamos a pensar en voces. Era algo que solíamos hacer cuando viajábamos juntos. Consistía en enfrentar a dos intérpretes para elegir al que cantase mejor. Marja conectó su teléfono móvil al coche. Comenzamos a jugar. Mi primera elección fue Otis Redding. La suya, Rosalía.

Los tíos de Marja vivían en una casa enorme que ellos mismos habían construido junto a la salida de un pueblo que parecía abandonado. Su tía nos estaba esperando en la puerta. No se parecía en nada a Marja. Era pequeña y delgada y parecía frágil, como María o como Joan Didion. Se encontraba de pie, bajo el marco de la puerta. Descalza y con una regadera en las manos. «Estaba deseando conocerte —me dijo—. Ven, acompáñame, quiero enseñarte una cosa». Pasé con ella y nos dirigimos a la parte trasera de la casa mientras Marja deshacía su equipaje. Llegamos a un huerto casero. Era enorme. Un espacio inmenso al aire libre repleto de plantas y verduras y árboles frutales. Nos quedamos un rato de pie, uno junto al otro, y ella me fue detallando todas las variedades que crecían a nuestro alrededor. Luego me dio un albaricoque; un albaricoque que cogió directamente de la rama de un árbol. «Está bueno, ¿verdad?», me preguntó. «Mucho», dije. «He preparado mermelada con alguno de ellos, llévate un frasco antes de irte», me ofreció. Regresamos al salón. Marja continuaba en su habitación abriendo y cerrando cajones y maletas. Fue entonces cuando su tía me dio las gracias. Ellos vivían lejos y siempre estaban preocupados por ella, sabían que era dura y que podía valerse por sí misma, que la prematura muerte de sus padres la había endurecido, pero aún así era un alivio que me hubiera encontrado. Yo no contesté, no supe qué decir.

Me quedé hasta la hora de la comida. Tomamos ensalada de patata, con huevo cocido, cebolla, pimiento y ajo negro. Al despedirnos, la tía de Marja me abrazó y me besó en ambas mejillas y volvió a darme las gracias. Lo hizo en voz baja, susurrándome las palabras en el oído mientras me abrazaba, no quería que su sobrina la oyera. Yo le deseé que su marido se recuperara pronto. Marja me acompañó fuera. Se quedó de pie junto a la puerta del conductor. No sabíamos muy bien cómo decirnos adiós. Se había cambiado de ropa. Llevaba un pantalón corto de algodón y una camiseta de tirantes. Una nube cubría el sol y tuvo que abrazarse a sí misma para protegerse del frío. Pensé en las noches en que nos quedábamos desnudos en el sofá después de hacer el amor e imaginábamos la casa en la que nos gustaría vivir. Pensé en eso y pensé en María Luisa y en Woody Allen. «¿Sabes volver a la carretera?», me preguntó. «Sí», mentí. Guardamos un segundo de silencio. «¿Recuerdas aquel alumno que no escribía nunca?», me preguntó de pronto. La miré extrañado y continuó hablando al sentir que necesitaba darme una explicación más detallada: «Aquel hombre mayor que siempre olía raro. Estaba en mi grupo. Nunca escribía. Solo lo hizo una vez, un único cuento en todo el curso. Pero fue el mejor. Su único relato fue mucho mejor que las decenas de relatos que escribimos el resto de alumnos». Eso fue todo lo que dijo y yo no respondí nada. Supuse que sus palabras encerraban una especie de moraleja, quizá quería decir que algo no deja de ser bueno solo porque sea breve. O tal vez simplemente se acordó de él en ese momento. «¿Cómo se llamaba?», quiso saber. «No lo recuerdo», respondí. «Ya, yo tampoco», dijo ella. Y luego arranqué y salí de allí despacio, intentando no levantar polvo. El suelo era de grava y los neumáticos producían un ruido ligero, como el de un plato que se está cocinando a fuego lento. Tuve que dar varias vueltas hasta encontrar el camino que me llevara de regreso a la autopista. Aquella fue la última vez que hablé con Marja, pero no la última vez que la vi.

Durante los siete meses que pasamos juntos le presté nueve libros a Marja. *Naturaleza infiel*, de Cristina Grande. *El balneario*, de Carmen Martín Gaite. *El año del pensamiento mágico*, de Joan Didion. *Mi abuelo*, de Valerie Mréjen. *De repente llaman a la puerta*, de Etgar Keret. *El somier*, de Luisa Castro. *Dibujos animados*, de Félix Romeo. *Dinos cómo sobrevivir a nuestra locura*, de Kenzaburō Ōe y *La biblia de neón*, de John Kennedy Toole. Solo me devolvió uno. El de Keret. Lo hizo porque no le gustaba. Eso ponía en la nota. El libro lo encontró Leidi. Estaba en la puerta, en el pomo, colgando por fuera. Era jueves y Leidi entró en casa con la bolsa en la mano. «Estaba fuera —me dijo—, en la puerta». Abrí la bolsa, saqué el libro y me dirigí a la ventana. Lo hice como un acto reflejo. Aquella acción no tenía demasiado sentido. El libro podía llevar horas allí colgado. Pero aún así lo hice. Lo hice y vi a Marja en la calle. Estaba de pie, parada junto a la luz roja de un semáforo. Miraba a un lado y a otro y luego miraba la pantalla de su teléfono móvil intentando orientarse en un mapa digital. El semáforo se puso verde y cruzó hacia el otro lado de la calle. La última vez que Marja me vio, yo me perdí al intentar regresar a mi casa desde la suya. La última vez que yo la vi, fue ella la que no lograba encontrar el camino de vuelta. No hay mucho más que se pueda decir sobre nosotros.

Devuelvo *El año del pensamiento mágico* a la estantería. Leidi está en la habitación, pasando el aspirador. Lo apaga y me habla desde allí. «¿Cómo está el padre de Marja?», me pregunta. «Mejor —contesto—. Le han dado el alta y ya ha vuelto a casa», le digo. Eso es lo que le digo, aunque lo cierto es que no sé si es verdad. Leidi se alegra por la noticia. «¿Y ella sigue allí?», quiere saber. Contesto que sí. Solo eso. Pero me parece una respuesta fría, así que la alargo asegurándole que lo más adecuado es que ahora esté junto a sus tíos. Entonces, para terminar, se me ocurre parafrasearla: «De lejos, el duelo duele menos», le digo. Y, aunque Leidi continúa en la habitación y no puede verme, sonrío. Una sonrisa breve, un tanto artificial y sobreactuada. La sonrisa de alguien que no tiene demasiadas ganas de reír. Busco el libro de Etgar Keret en la estantería. Cuando lo encuentro lo abro por la primera página. Marja escribió allí un mensaje. Un mensaje escueto en el que aseguraba que me lo devolvía porque era el único que no le había gustado. Según ella, solo un relato merecía la pena de entre los treinta y ocho que componen el volumen. En concreto, el decimotercer cuento de la colección. Paso algunas páginas hasta que doy con el texto. Lleva por título *Escritura Creativa* y cuenta la historia de una chica llamada Maya que decide matricularse en un taller literario. El primer día de clase el profesor les pide a sus alumnos que escriban un relato de tema libre. Y entonces Maya imagina un mundo onírico en el que la gente solo puede ver a las personas a las que ama. Su cuento está protagonizado por un matrimonio idílico. Una pareja que comparte aficiones y gustos y confidencias. Una pareja perfecta. Sin fisuras. Una pareja a la que todo le va bien, hasta que una mañana se cruzan en el pasillo y se chocan. Ambos caen al suelo. «Perdona —dice ella—. No te había visto», le confiesa.

USAGI

«—Traigan agua, a lo mejor todavía vive.
—Es inútil; ya no le oigo el corazón.
—Ha muerto sin decir nada.
—¡Debió avisarnos!».

Maurice Maeterlinck
Los ciegos.

Fue Ángeles la que me dijo que acababa de morir. Ella no recordaba su nombre. Yo tampoco. Pero ambos fuimos capaces de identificarlo. Vivía justo debajo de la escuela, en la primera planta. Por aquel entonces yo no había estado en su casa, pero me la había imaginado muchas veces.

A Ángeles no le caía bien porque orinaba en el cuarto de baño cuando la clase terminaba. Le molestaba que, viviendo en el mismo edificio, no pudiese esperar para hacerlo en su apartamento. Le caí mal por eso, y porque siempre dejaba un reguero de gotas amarillas en el inodoro que después ella tenía que limpiar.

«Fue como en las películas —me dijo—, como en esos melodramas en los que un personaje muere y nadie se da cuenta de su fallecimiento hasta que el cuerpo sin vida comienza a emanar un hedor insoportable». Ángeles me lo contaba y no podía evitar dibujar una media sonrisa en su rostro. Desde que inauguró la escuela literaria en la que yo trabajaba —trece años atrás— no había logrado escribir ni una sola línea. «Es por el papeleo», se excusaba, asegurando que la gestión del centro le robaba el tiempo necesario para buscar una buena historia. Por eso sonreía. Ángeles sonreía porque creía haber dado con la noticia que le haría recuperar su inspiración y yo mientras tanto me dedicaba a pensar en Richard Brautigan, que se voló la tapa de los sesos con una *Magnum 44* en su casa de Bolina, en California, y pasaron treinta y nueve días hasta que descubrieron su cadáver. Pensaba en eso y en la fotografía que ilustra la edición española de su novela *La pesca de la trucha en América*, en la que Brautigan posa de pie, haciendo autostop en medio de una carretera comarcal, luciendo un frondoso bigote rubio, cubriéndose del sol con un sombrero *Akubra* australiano y abrazado a una máquina de escribir Remington Rand. «¡Gregorio! —dijo Ángeles de pronto—, lo acabo de recordar, se llamaba Gregorio».

Gregorio llegó tarde el primer día de clase. Llevaba puesto un abrigo marrón de piel. No se lo quitó al sentarse. Los codos y el cuello y las costuras que bordeaban los bolsillos habían comenzado a clarear por el exceso de uso. Tenía una edad indeterminada. Era seguro que superaba el medio siglo, pero no había manera de saber dónde detenerse al sumar. Gregorio olía como una bolsa de basura a primera hora de la mañana cuando la noche anterior se ha cenado pescado, o como la tapicería de un coche sobre la que ha vomitado un niño, o como el hocico de un gato callejero después de haberse alimentado con los restos de una paloma atropellada. Era tan sucio como educado. No escribía nunca, pero escuchaba con atención los relatos de sus compañeros, realizaba comentarios halagadores y se despedía de todos uno a uno. Por último manchaba de orina el inodoro de la escuela y regresaba a su casa.

El taller de escritura creativa en el que se matriculó Gregorio tenía la duración de un curso escolar completo. Nueve meses. Treinta y seis semanas. Gregorio no faltó a ninguna clase, pero llegó tarde a todas. A pesar de vivir en el piso de abajo, nunca lograba presentarse a tiempo. Solo escribió un relato. Ya estábamos en primavera. Habían transcurrido más de veinte semanas desde el inicio del curso. Era un buen texto. Contaba la historia de un hombre triste. Un hombre que había perdido a su mujer y había perdido su empleo y hasta había perdido la custodia de su hija. Su hija tenía siete años y se llamaba Camila, pero le gustaba que la llamasen Usagi. Solo podía verla dos sábados al mes. Cuando lo hacía, se colaban en bodas a las que nadie les había invitado. Para la niña aquello era un juego divertido; para él, la única forma de poder ofrecerle una buena cena a su hija. Solo disponía de un traje. Un traje gris marengo. El traje que compró para las entrevistas de trabajo y que se acabó convirtiendo en la indumentaria para asistir a connubios ajenos. Mantenían su actividad en secreto. Ambos temían que si la madre de *Usagi* los descubría, ya ni siquiera podrían verse dos sábados al mes. Lo mejor del cuento era su detallada descripción de los hechos.

Gregorio explicaba cómo debían proceder sus personajes para pasar desapercibidos entre el resto de invitados. Había tres reglas fundamentales que debían cumplir: la primera consistía en llegar tarde. No demasiado. Lo suficiente para que el salón ya estuviese abarrotado, pero antes de que los comensales hubieran tomado asiento. La segunda pasaba por seleccionar el convite idóneo. No todos servían. Para no llamar la atención debían buscar enlaces con un número mínimo de asistentes. Ciento cincuenta, doscientas o incluso trescientas personas. Cuanto mayor fuese la afluencia, más sencillo les resultaría ver sin ser vistos. La tercera regla, y la más importante de todas, radicaba en encontrar la mesa adecuada. Había que alejarse de las ocupadas por los amigos íntimos y los familiares. La mesa perfecta era la formada por —según la terminología que usaba Gregorio en su relato— *los ajenos*. Invitados que no se conocieran entre sí. Personas aisladas del resto, que compartieran una relación efímera o fortuita con la pareja de novios. Una antigua compañera de universidad o el jefe de un trabajo anterior. Gregorio aseguraba en su narración que era sencillo descubrir a *los ajenos*. Solían ser los últimos en sentarse. Apuraban sus bebidas de pie, mirando al vacío, dando pasos cortos e imprecisos de un lado a otro. Postergando todo lo posible el inicio de una conversación banal con un puñado de individuos a los que nunca habían visto. Me pareció un buen cuento y eso fue lo que le dije cuando la clase terminó. Le felicité por su trabajo y lamenté que no hubiera presentado más textos. Él me confesó que llevaba intentando escribirlo desde el inicio del curso, pero que había necesitado más de seis meses para terminarlo. Un instante antes de ir a orinar, me lo regaló.

Me aseguró que su casa estaba llena de trastos y que, por ese motivo, si se lo llevaba él lo acabaría perdiendo. «Si te ha gustado, quédatelo», me dijo ofreciéndomelo. Ocupaba cinco folios. No estaban grapados. Dos de ellos tenían manchas circulares de grasa, del tamaño de un garbanzo, que volvían el papel translúcido. Lo había redactado usando una máquina de escribir. En aquel momento no le di ninguna importancia, pero ahora me gusta imaginar que lo hizo utilizando una Remington Rand.

Lo normal hubiera sido que lo tirase. Era lo que solía hacer cuando algún alumno me entregaba un texto para que lo leyera fuera del horario docente. No sé por qué lo hice, pero el caso es que guardé el cuento de Gregorio en la carpeta del taller de escritura, junto a los apuntes teóricos que usaba cada semana. Supongo que de no haberlo hecho, su hija y yo nunca nos hubiésemos conocido. «Vivía rodeado de basura —me dijo Ángeles. Me lo dijo ella, aunque lo sabía porque se lo había contado la portera del edificio—. Llevaba años solo. Quizá décadas. Durmiendo entre desechos como una rata. Y ahora que ha muerto se presenta aquí su hija». Su tono era hiriente, como si realmente la situación le molestase. El despacho de Ángeles era pequeño y ella voluminosa. No era sencillo que cupieran dos personas dentro, así que yo solía quedarme fuera cuando hablábamos, apoyando un hombro en el marco de la puerta. Vista desde mi perspectiva, parecía una de esas maquinitas con forma de huevo que se pusieron de moda en los años noventa, en las que tenías que alimentar al personaje virtual que vivía atrapado dentro para que no se muriera de hambre. Terminé de trabajar a mediodía. Impartí dos clases. La primera de un curso anual de relato y la segunda de un taller intensivo de dramaturgia. No utilicé el ascensor. Bajé por las escaleras y me detuve frente a la puerta de la casa de Gregorio. Me acerqué. Del otro lado se escuchaba una trompeta. Golpeé con los nudillos. Abrió una mujer. Era más joven que yo, pero no sabría decir cuánto. Le pregunté si era la hija de Gregorio. Asintió. No se parecían en nada. Llevaba un pañuelo blanco en la cabeza para apartarse el pelo de la cara. También sujetaba una escoba con la mano izquierda. Le dije que trabajaba en el piso de arriba, en la escuela literaria, y que su padre había sido mi alumno. Me invitó a pasar. La vivienda estaba sucia y olía a humedad. Las paredes del pasillo mostraban barrigas ennegrecidas y desconchones en la parte inferior, junto al suelo de linóleo. Era una casa austera y triste, pero no estaba repleta de basura. Entramos en el salón. Había un sofá de dos plazas cubierto por una sábana. La hija de Gregorio subió la persiana y abrió la ventana. Tomó asiento. Yo me quedé de pie. Saqué de la mochila que llevaba a la espalda la carpeta que contenía el relato. Se lo ofrecí. Me miró extrañada. Parecía cansada. Tenía los ojos hinchados, como si llevase largas horas sin dormir o como si hubiera estado llorando o ambas cosas. «Es de tu padre —le dije animándola a cogerlo—. Solo escribió un cuento durante el curso. Es muy bueno», le aseguré. Y un segundo después me arrepentí por lo frívolo del comentario. Guardamos silencio. Ninguno de los dos tenía mucho más que decir. Agarró el texto y golpeó los folios contra la mesa de centro que había frente a ella hasta lograr que formasen un bloque sólido en el que sus cinco hojas pareciesen una sola. La música seguía sonando. Le pregunté entonces si la trompeta que podía escucharse la estaba tocando Clifford Brown. No pareció extrañada, cualquiera hubiese jurado que esa misma situación ya la había vivido decenas de veces. «No —me dijo—, es Dizzy Gillespie», me aclaró. «Dizzy Gillespie se presentó como candidato a la presidencia de los Estados Unidos en los años sesenta», le aseguré. «No lo sabía», respondió sin mostrar el menor interés por la historia; aún así continué hablando. Le dije que perdió contra Lyndon B. Johnson y que en su campaña proponía que la Casa Blanca pasase a llamarse la Casa del Blues y que su equipo de gobierno estaba formado —entre otros— por Ella Fitzgerald como responsable de educación y Miles Davis como director de la CIA. Me dio las gracias y me acompañó hasta la puerta. Volvimos a recorrer el pasillo. Había un cuadro. No lo había visto al entrar. Era una reproducción de La isla de los muertos, de Böcklin. Estaba enmarcado, pero no tenía cristal. La lámina, algo amarillenta, se había roto por una de sus esquinas. «No sabía que a mi padre le gustase escribir —me confesó—, aunque la mayoría de las cosas de su vida las desconozco». Terminó la frase y sonrió. Una mueca helada. No comprendí lo que significaba que Gregorio fuese un hombre triste, que viviera solo y que tuviera una hija a la que casi nunca veía hasta que nos despedimos. Extendió su mano para estrecharla con la mía. «Me llamo Camila, por cierto —dijo entonces—, aunque todo el mundo me llama *Usagi*».

Su madre no llegó a descubrirlo nunca. Aún así Gregorio se esfumó. Se fue sin dejar rastro. Nunca regresó. Ni una llamada. Ni una carta. «Creo que lo hizo porque pensó que era lo mejor para mí —dijo Camila—. Ningún padre quiere esa vida para su hija», concluyó. Estábamos sentados en una mesa desde la que se podía ver la calle. Ella pidió agua con gas y yo un café solo con hielo. No llevábamos más de diez minutos allí cuando Ángeles pasó por delante de la vidriera del bar. Creo que me vio e hizo como si no se hubiera dado cuenta. Ahora me cuesta recordar si fue Camila la que me lo propuso o si fui yo el que la invitó a continuar nuestra conversación. Supongo que no tiene importancia. Hablábamos por turnos, intentando que no se produjeran silencios incómodos. Ambos nos referíamos a la misma persona, pero era como si cada uno estuviese recordando a un hombre distinto. Ella hablaba de su padre y yo del anciano triste y solitario que asistía a mis clases. «¿Por qué *Usagi*?», quise saber. «Porque así era como se llamaba la protagonista de mi serie favorita», contestó. Aunque no mencionó el título ni yo se lo pregunté. Se había quitado el pañuelo de la cabeza. Tenía el pelo largo y el flequillo le tapaba las cejas. Estuvimos juntos un par horas. Lo suficiente para cambiar nuestras bebidas por otras al menos tres veces. Ginebra con tónica ella y vodka con zumo de naranja yo. «Llamaron a mi madre —me contó—. Fue el único número de teléfono que encontraron entre sus objetos personales. Dentro de su cartera. En un papel doblado en cuatro partes iguales. No sé por qué lo guardaba. No sé por qué llevaba encima el número de teléfono de la que había sido su casa. Quizá le daba miedo olvidarlo, quién sabe». Camila se puso a llorar. Fue algo rápido, casi un acto reflejo. Estaba hablando en un tono neutro y de pronto el llanto detuvo su narración. No sabía muy bien cómo actuar. Miré a nuestro alrededor para ver si nos estaban observando las personas de la barra o el camarero. Le acerqué una servilleta. Una de esas servilletas de papel satinado que no sirven para limpiar nada y que se vuelven translúcidas cuando las usas. Camila se secó los ojos con ella. Lo intentó, realmente, porque cuando terminó las lágrimas continuaban en el mismo sitio, recorriendo sus carrillos y su mentón. «Qué vergüenza», dijo. Lo dijo y después hizo una bola con la servilleta y la dejó caer en la mesa junto a su copa de ginebra, en la que solo quedaban un par de hielos medio derretidos y una rodaja de limón, y se limpió la cara con la manga de su jersey. Salimos a la calle y al caminar nuestras manos se rozaron. El edificio que albergaba la escuela y la casa de Gregorio se encontraba a unos doscientos metros de distancia. Los recorrimos en silencio. Pensé que probablemente no volveríamos a vernos, por eso le hice la pregunta. «¿Cómo era?», quise saber. «¿Cómo era qué?», contestó ella. «Colarse en una boda —dije—. Sentarse en una mesa sin conocer a nadie. Ver a dos desconocidos casándose y desearles una vida plena y feliz aunque no tuvieras la menor idea de quiénes eran». Sonrió antes de responder. Estuvo un rato en silencio, creo que buscaba la palabra idónea. «Divertido», dijo finalmente. Sacó las llaves de su bolso y abrió la puerta. Me pareció que volvía a llorar mientras lo hacía, pero no puedo asegurarlo porque el pelo le tapaba los ojos. Yo no tenía que regresar a la escuela hasta la mañana siguiente. Nos despedimos. Entró y soltó el pomo. La puerta de hierro y cristal se fue cerrando despacio, casi a cámara lenta. Antes de que pudiera hacerlo del todo, Camila volvió a salir y me llamó. Me giré y la miré. Había recorrido media docena de pasos y esa era la distancia a la que nos encontrábamos. Agachó la cabeza, creo que para apartarse las lágrimas con una de sus manos, y cuando la volvió a levantar sonreía. Una sonrisa amplia, entre malévola e infantil. Me acerqué nuevamente a ella para que pudiéramos escucharnos sin necesidad de gritar. No sé por qué, pero mientras recorría los seis pasos que nos separaban creí intuir lo que estaba a punto de decirme. Quizá por eso yo también sonreí. Nos quedamos un rato así. Los dos riendo como idiotas. Uno frente al otro. Ella impidiendo que la puerta se cerrara y yo de pie en medio de la calle. «¿Tienes una corbata?», me preguntó finalmente.

DESAPARECER

*«A nosotros siempre nos va a ir mal,
en este mundo y en el otro. Si fuéramos al cielo,
nos pondrían a hacer los truenos con la boca».*

Woyzeck, GEORG BÜCHNER,
en versión de JUAN MAYORGA.

Ezequiel Pérez Plasencia quería ser escritor.

Ezequiel Pérez Plasencia nació en Santa Cruz de Tenerife, pero se marchó de allí en busca de la gloria literaria y terminó en Cartagena —Murcia— escribiendo artículos de opinión para un periódico local.

Ezequiel Pérez Plasencia quería ser escritor —como Julio Cortázar— y por eso en el año 2000 escribió un relato titulado *Decena de un cronopio* y lo envió al Premio Internacional de Cuento Juan Rulfo y pensó que aquel texto era lo mejor que había escrito nunca —a la altura del genio argentino— y se sentó junto a una ventana de su casa, desde la que se podía ver el mar, y esperó a que lo llamasen para confirmarle que había obtenido el primer premio.

Ezequiel Pérez Plasencia quería ser escritor —como Julio Cortázar— y por eso en el año 2000 escribió un relato titulado *Decena de un cronopio* y lo envió al Premio Internacional de Cuento Juan Rulfo y pensó que aquel texto era lo mejor que había escrito nunca —a la altura del genio argentino— y se sentó junto a una ventana de su casa, desde la que se podía ver el mar, y esperó a que lo llamasen para confirmarle que había obtenido el primer premio.

Y eso fue justo lo que ocurrió.

Ezequiel Pérez Plasencia ganó el primer premio en el certamen y, cuando se lo comunicaron, le dijeron que le enviarían un billete de avión con destino a París para que pudiera asistir a la gala en la que recibiría su galardón, que le darían una caja de cartón con un centenar de ejemplares del relato impreso dentro y que le harían entrega de un cheque nominativo por valor de un millón de pesetas.

Si se escriben en la barra de búsqueda de *Google* las palabras: Ezequiel Pérez Plasencia ganador del Premio Internacional de Cuento Juan Rulfo, la noticia no aparece reflejada en ningún medio de comunicación de la época. Tampoco es sencillo encontrar imágenes en las que pueda verse al autor tinerfeño siendo coronado en Francia como el mejor cuentista del año. Pero en la página web *www. todocoleccion.net* hay un señor de Vizcaya que vende un ejemplar de segunda mano del relato premiado por diez euros. En la descripción del artículo indica que el libro se encuentra en buen estado, que fue publicado por la Editorial *Benchomo*, que cuenta con un total de cuarenta y siete páginas y que se trata de una tirada única de 1.500 ejemplares.

El caso es que Ezequiel Pérez Plasencia ganó el primer premio y se montó en un avión y desembarcó en Francia y recogió su caja de cartón llena de libros y su cheque nominativo de un millón de pesetas y luego se montó en otro avión de vuelta a casa y se fue a celebrarlo con unos amigos y se atragantó con un trozo de pollo frito y se murió.

El Premio Internacional de Cuento Juan Rulfo se convocó de manera ininterrumpida a lo largo de tres décadas hasta que, durante la celebración de su trigésimo aniversario, los responsables de la organización del certamen y los herederos del escritor mexicano no se pusieron de acuerdo en algunos de los nombres que debían formar parte del jurado, y todo se fue al traste. En la última edición que se celebró, la ganadora fue la escritora argentina Samanta Schweblin con un relato titulado Un hombre sin suerte. Yo nunca logré ganar el *P*remio Internacional de Cuento Juan Rulfo. Participé en cuatro de sus ediciones. Todas ellas de forma consecutiva. Nunca gané. Ni siquiera obtuve una mención como finalista. Pero en el año 2012, mientras Samanta Schweblin recibía en París el galardón del prestigioso certamen internacional, a mí me nombraban vencedor del *M*emorial Literario Ezequiel Pérez Plasencia. El certamen nació con el objetivo de dar a conocer la obra literaria y periodística del autor puesto que, según los organizadores, su trayectoria no gozaba de un reconocimiento acorde a su talento fuera de Cartagena —donde residía— y Tenerife —donde había nacido—. Confiaban en que el número de participantes crecería con cada nueva convocatoria y que, gracias a esta circunstancia, lograrían que la sombra artística del escritor se fuese haciendo cada vez más alargada.

Yo gané la primera edición. Nunca más volvió a celebrarse.

El relato con el que había participado lo había escrito yo, pero no del todo. El relato con el que obtuve el primer premio era una adaptación del texto que escribió Gregorio. Un cuento de ficción sobre un hombre triste y solitario que se cuela en las bodas junto a su hija. La mayor diferencia entre ambos textos radicaba en el desenlace, en el suyo el padre y la hija dejaban de verse y ella nunca sabía qué le ocurría a su progenitor. El mío, en cambio, tenía un final edulcorado en el que todo acababa bien. Era mejor el suyo, pese a todo gané.

Antes de ganar el certamen organizado en su memoria, no había escuchado hablar de Ezequiel Pérez Plasencia. Pilar Rubio tampoco. Pilar Rubio llegó a Cartagena vestida de romana porque el alcalde la había contratado para dar el pregón con el que debían iniciarse las fiestas populares. Uno de los organizadores del certamen nos presentó. Dijo que ella salía en televisión y que yo era escritor. Pilar Rubio estaba nerviosa porque nunca antes le había hablado a un montón de personas desde el balcón de un ayuntamiento y temía no estar a la altura de la situación. Pilar Rubio no sabía quién era Ezequiel Pérez Plasencia y tampoco conocía nada de la batalla entre carthagineses y romanos y por ese motivo se había presentado así vestida. «¿Voy bien?», preguntó. Alguien dijo que sí y todos los presentes asentimos, pero lo cierto es que su atuendo era más propio de *Xena, la princesa guerrera*.

El presidente del jurado leyó el acta del certamen, después una nota biográfica que yo mismo les había enviado y, por último, me pidió que subiera al escenario. Me situé frente al micrófono y le conté a la media decena de asistentes lo mucho que Ezequiel Pérez Plasencia me había influido como escritor. En ese mismo momento, a unos mil seiscientos kilómetros de distancia, imaginé que Samanta

Schweblin estaría diciendo algo parecido acerca de Juan Rulfo. También conté que mi relato trataba de un hombre que lo ha perdido todo y que se pasa los fines de semana brindando con desconocidos; pero que yo de lo que realmente quería haber escrito era de un árbol lleno de hormigas. Lo vi en un documental que hablaba sobre el tráfico de drogas en Colombia, en el que aparecía un hombre con el rostro cubierto por un pañuelo que solo dejaba a la vista sus ojos, negros y pequeños como dos moscas muertas. Y mientras él hablaba —de pie en medio de un terreno arbolado situado a las afueras de Bogotá— a su espalda se podía ver una hilera de hormigas que subían y bajaban por un tronco. A mí aquella imagen me recordó al día en que fui con mis padres a ver a mi hermano jurar bandera durante su servicio militar. Y sobre eso quise escribir, pero en literatura, la mayoría de las veces, uno imagina una cosa, pero acaba escribiendo otra distinta. Por último, leí un capítulo de mi relato. Un capítulo que no hablaba de las hormigas ni de Colombia ni del hombre que se colaba en bodas ajenas ni de mi hermano vestido de militar. Un capítulo en el que se cuenta que Laika partió hacia el espacio el 3 de noviembre de 1957 a bordo de una nave a la que llamaron Sputnik 2, que antes que a ella el ejército había entrenado a otros dos perros llamados Albina y Mushka, que murió pocas horas después del despegue y que la nave orbitó alrededor de la tierra durante ciento sesenta días con el cadáver de *Laika* en su interior, hasta que el 14 de abril de 1958 entró en contacto con la atmósfera y explotó.

Un hombre vino a hablar conmigo cuando todo había terminado. Dijo que era amigo personal de Ezequiel Pérez Plasencia y que Laika fue envenenada. «Murió por la comida —me aclaró—, sabían que la nave no volvería a tierra, así que contaminaron el pienso para que no sufriera dando vueltas por el espacio sin poder regresar a casa».

❖

Después del acto oficial fuimos a cenar al mismo restaurante en el que se atragantó Ezequiel Pérez Plasencia. Pilar Rubio no vino con nosotros. Pilar Rubio se asomó al balcón del ayuntamiento y gritó: «¡Viva Cartagena!», y después se montó en un coche y desapareció. De camino al restaurante pasamos por la que fue su casa. Una mujer señaló una terraza que daba a la playa y dijo: «Ahí vivía Ezequiel». También contó que, aunque era bajito y feo, todas las chicas de la ciudad parecían estar enamoradas de él y que no era extraño pasar por allí una mañana cualquiera y encontrarse a una mujer apoyada en la barandilla del balcón, con la vista fija en el mar, mientras fumaba un cigarrillo o bebía una taza de café. Ezequiel Pérez Plasencia tenía cara de buena persona. Eso tampoco lo sabía antes de ir a recoger el premio. Lo supe al llegar al restaurante. Sobre la mesa habían colocado un marco con una fotografía suya. El marco ocupaba un sitio, como si de un comensal más se tratara. En la imagen se le podía ver sentado en una silla de plástico en medio de una calle peatonal. Con una americana marrón, camisa clara, pantalones vaqueros y unos zapatos como los que usa Walter White en la serie de televisión *Breaking Bad.* Yo no conocí a Ezequiel Pérez Plasencia en vida, pero al verlo allí sentado me pareció una buena persona; una de esas personas que cuando alguien envía a un grupo de WhatsApp una petición de firma para preservar la supervivencia de las morsas en el mar de Láptev o para solicitar la rehabilitación del frontón de *Beti Jai,* siempre se apresura a colaborar. Me pidieron que me sentara al lado de la fotografía, lo que reducía considerablemente mis opciones de conversación durante la cena. Un profesor de instituto se colocó a mi otro lado. «¿Conoces a Luna Miguel?», me preguntó. Luna Miguel acababa de publicar un libro de poesía y tenía una cuenta en *instagram* en la que a diario colgaba fotografías suyas en blanco y negro enseñando sus tatuajes. Asentí con la cabeza. Entonces me contó que Luna Miguel había estudiado en su clase y que todo lo que sabía se lo debía a él. Yo no tenía demasiado claro si aquello era bueno o malo, así que no contesté y miré hacia el otro lado, hacia la fotografía de Ezequiel Pérez Plasencia sentado en medio de una calle peatonal, con su cara de bueno, las piernas cruzadas y sus zapatos de Walter White.

La cena se alargó durante horas. Cada uno de los asistentes tenía una anécdota que contar sobre su amigo fallecido. En la última, ya casi de madrugada, alguien dijo que cuando Ezequiel Pérez Plasencia escribió *El orden del día* —su única novela— decidió presentarla al

Premio Nadal y que, el día antes de fallecer, un miembro del jurado le llamó. El propio Ezequiel se lo contó, le dijo que un miembro del jurado le había llamado para hacerle una propuesta, pero nunca se llegó a conocer el contenido de esa conversación porque veinticuatro horas después estaba muerto. «Quizá le ofrecieron ganar el premio o ser finalista o ser jurado de la siguiente convocatoria —dijo. Y después guardó silencio, como si estuviera buscando las palabras idóneas con las que cerrar su historia—: O quizá simplemente se lo inventó», concluyó. Y todos reímos.

El mejor amigo de Ezequiel Pérez Plasencia era militar. Trabajaba en un submarino de combate y me dijo que en un submarino de combate siempre había cosas que hacer, aunque no estuviésemos en guerra. Él fue el encargado de recoger la fotografía cuando la cena terminó y de acompañarme hasta el hotel. Yo caminaba con el diploma que me nombraba ganador del certamen debajo del brazo y él con el marco. Hacíamos una extraña pareja. No sabíamos muy bien cómo despedirnos. «Es un buen hotel, ¿verdad?», me preguntó señalando la recepción con un movimiento de su barbilla. «Sí, está muy bien», contesté. «Si alguna vez quieres ver un submarino por dentro, solo tienes que llamarme». Le di las gracias por el ofrecimiento, aunque no tenía su número de teléfono. «Ezequiel no era el mejor escritor del mundo —me confesó—, pero por aquí le echamos mucho de menos». Dijo aquello y después pareció que fuese a romper a llorar, pero finalmente no lo hizo. «¿Quieres llevarte la fotografía?», me preguntó antes de marcharse. No tenía muy claro qué responder, así que solo dije: «No te preocupes, está bien así».

No había vuelto a pensar en Ezequiel Pérez Plasencia desde aquel día. Hasta hoy. Es domingo y estoy en casa con mi hija. Hemos estado jugando a inventar canciones, pero ya se ha cansado y ahora estamos viendo *Coco*, la última producción de Pixar. La película cuenta la historia de Miguel, un niño que una noche roba la guitarra de Ernesto de la Cruz —un famoso mariachi mexicano— y, como castigo por su acción, es enviado a la Tierra de los Muertos, asegurándole que solo le dejarán salir de allí cuando un familiar difunto le conceda su bendición. En su intento por regresar a casa Miguel le pide ayuda a Héctor, un músico errante que acepta a cambio de una sola condición: «Cuando vuelvas al mundo de los vivos, llévate una fotografía mía». Para justificar su petición, Héctor le explica a Miguel que cuando alguien muere no lo hace del todo, simplemente pasa al otro lado, pero que uno sigue estando vivo mientras se acuerden de él, por eso es tan importante para él que guarde su fotografía y no le olvide. «Si no hay nadie que te recuerde entre los vivos —le dice—, desapareces para siempre». El pequeño le mira desconcertado sin entender muy bien lo que está escuchando. «¿Y dónde va la gente que desaparece para siempre?», pregunta. «Nadie lo sabe —contesta Héctor con melancolía—. Pero acá le dicen la muerte final».

PEORES QUE LOS OSOS

«A mí me interesa la literatura.
A vosotros la vida literaria».

Juan Marsé
Discurso como jurado del Premio Planeta 2005.

La frase no se me ocurrió a mí. La frase es de Ignacio del Valle, pero cuando se la repito a mis alumnos a modo de recomendación, no suelo citar la fuente. Estábamos en Zamora y hacía frío. Primero esperamos en la calle y luego pasamos al salón de plenos del Ayuntamiento. Había una señora con el pelo teñido y con la cara maquillada y con los ojos pintados de negro y los labios de rojo. Estaba nerviosa. Hacía aspavientos con las manos y nos pedía que nos moviéramos y después que nos quedásemos quietos. Y nosotros primero nos movíamos y luego nos quedábamos quietos. En las entregas de premios literarios siempre hay una persona encargada de la organización que está más nerviosa de lo que debería. No hay mucho que organizar en la entrega de un premio literario, solo decirles a los ganadores el lugar que deben ocupar y el orden en el que intervendrán. También hay que recibir al público. Aunque a las entregas de premios literarios no suele asistir nadie; solo algunos curiosos que no tienen nada mejor que hacer y jubilados que confían en que haya un aperitivo tras el evento. La señora del pelo teñido y la cara maquillada y los ojos negros y los labios rojos confundió a mi suegro con mi padre. A los dos nos pareció graciosa la confusión y por eso no dijimos nada. Fui a Zamora con mi suegro porque la entrega se celebraba un día laborable y él estaba jubilado. La mayoría de las entregas de premios literarios se realizan en días laborables porque a ellas suelen acudir alcaldes o concejales y no les apetece cancelar la comida familiar del domingo para darles un diploma a un puñado de aspirantes a escritores. Fuimos hasta allí en mi coche. Mi coche tenía mucho de algunas cosas y muy poco de otras. Tenía más diez años y más de doscientos mil kilómetros, pero menos de 60 cv. Aun así, nos multaron por exceso de velocidad. Nos paró la guardia civil y uno de los agentes me entregó la denuncia allí mismo, imprimiéndola con una maquinita que sujetaba entre sus manos y que a mí me recordó a un datáfono. Mi suegro sacó el brazo por la ventanilla —sujetando entre sus dedos un billete de cincuenta euros— e intentó sobornar al guardia civil. Le acercó el dinero al bolsillo del uniforme y le dijo que lo cogiera y que hiciese como si no hubiera visto nada. El agente se rio y le pidió que se guardase el dinero y le recordó que estábamos en Zamora, no en el rodaje de una película en Las Vegas. Luego hizo un gesto con la mano indicándonos que continuásemos nuestro camino. Y eso fue lo que hicimos.

El último en llegar al acto fue Ignacio del Valle. Yo no sabía quién era Ignacio del Valle ni había leído ninguno de sus libros. No creo que ninguno de los que estábamos allí lo conociera; aun así, él se comportaba como uno de esos escritores que han confundido su profesión con la de una estrella del rock and roll. Ignacio del Valle actuaba como Ray Loriga o como Benjamín Prado o como Lucía Etxebarría. Entró en el salón de plenos del Ayuntamiento de Zamora como entran en una cafetería todos esos escritores que no se quitan las gafas de sol, aunque las probabilidades de que alguien los reconozca sean ínfimas. Le ofrecieron entregar los galardones porque había obtenido una mención como finalista en aquel mismo certamen muchos años antes. Se presentó con varios ejemplares de su último libro debajo del brazo para regalarlos. Ignacio del Valle había escrito un libro que yo no había leído y que llevaba por título *El arte de matar dragones*. Una productora había comprado los derechos de la novela para llevarla al cine. El libro se llamaba *El arte de matar dragones* y yo pensé que narraría una historia épica —como la de *El señor de los anillos*— pero resultó que la novela contaba las peripecias de un teniente de infantería durante la guerra civil española. Ignacio del Valle había escrito un libro sobre la guerra civil española y el chico que había ganado el primer premio en el certamen también había escrito un relato sobre la guerra civil española. Ocho de cada diez textos que se presentan a un certamen literario están ambientados en la guerra civil española. Ignacio del Valle no vivió el conflicto bélico del que habla en su libro. El chico que había ganado el primer premio tampoco. A veces imagino que sería divertido meter a todos esos escritores en un convoy y llevarlos al campo de batalla de una guerra real —armados con un cuaderno y un lapicero— y pedirles que intenten escribir un buen relato antes de morir fusilados.

El chico que había ganado el primer premio tenía mi edad. Tenía la misma edad que yo y se estaba quedando calvo. Ignacio del Valle también. Se acercó a mí y me dio la mano. Tenía la mano blanda y húmeda y un pelo que no parecía su pelo, parecía el pelo de Nicolas Cage o la clara de un huevo a punto de nieve. Se acercó a mí y me dio la mano y me preguntó si le conocía. Le dije que no, que no lo conocía a él ni tampoco a Ignacio del Valle. «Me llamo Daniel —mi dijo entonces—, el año pasado también gané y me relato salió publicado en la revista de las fiestas patronales». Daniel terminó de hablar y sonrió. Una sonrisa tan pretenciosa como estúpida. Fue en ese momento cuando se acercó hasta nosotros Ignacio del Valle y pronunció su frase. Nos confesó que durante tres años se presentó de forma sistemática a todos los certámenes literarios que se convocaban. Se presentó a todos y ganó cincuenta. Cincuenta premios en tres años. Eso fue lo que nos aseguró. Cuando ganó su quincuagésimo galardón decidió retirarse. Desde ese momento se dedicó a escribir novelas y a publicar con editoriales, pero no volvió a participar en un certamen literario. Nunca. «Si ganas un premio con veinte años, eres una joven promesa —nos dijo—. Pero si ganas un premio con cuarenta, eres Marujita Díaz».

❖

Lo peor que le puede ocurrir a un escritor es ganar un premio literario. Los premios literarios solo sirven para impresionar a los alumnos menos talentosos de los talleres de narrativa que imparto y a las chicas que cometen faltas de ortografía al describirse en *Tinder*. Tengo treinta y Ignacio del Valle para preguntarle cómo lo hizo él. Si su teoría es cierta, dentro de unas pocas semanas me habré convertido en Marujita Díaz. No me gusta Marujita Díaz. Prefiero pensar que soy como Maradona, que se retiró del fútbol, pero luego regresó. Una y otra vez. Que intentó dejar las drogas, pero volvió a caer. Una y otra vez. Que adelgazó, pero luego engordó. Una y otra vez. Que se empeñó en seguir viviendo, pero luego se murió. La primera vez que me propuse dejar de participar en certámenes literarios fue la noche que conocí a Miguel Sánchez Robles. Miguel Sánchez Robles vive en Caravaca de la Cruz y da clases de geografía e historia a adolescentes y ha ganado todos los premios que existen. Los ha ganado todos, pero sus poesías y sus novelas y sus relatos no los ha leído nadie. Miguel Sánchez Robles fue la primera Marujita Díaz a la que conocí. Coincidimos en el Hogar Extremeño de Zaragoza. A él le habían premiado por un poema en el que narraba la muerte de su madre y a mí por un relato en el que contaba el atropello accidental de una niña. Dos muertes. Dos premios. Nos sentaron en mesas separadas. En la mía había un hombre que no paraba de hablar. Era un miembro del jurado y nos contó que su hija se había ido a Francia a bailar flamenco y que a los gabachos les encantaba porque cuando taconeaba sobre el escenario se agarraba la bata de cola con las manos y se le veían los muslos. Después de la cena leímos nuestros textos. Antes de comenzar a leer, Miguel Sánchez Robles nos aclaró que aquel poema no era un simple poema, que era el único que había logrado escribir sobre los últimos días con vida de su madre. También nos pidió perdón por adelantado, ya que era probable que se emocionara al leerlo. Al final no lo hizo, pero yo me pasé toda la lectura esperando que rompiera a llorar.

Solo hablamos cuando el acto ya había terminado. En la puerta del restaurante. Miguel Sánchez Robles llevaba una gabardina y un sombrero marrón de ala ancha. Como un mafioso sacado de una película de Scorsese o de Coppola, o como el Philip Marlowe de Raymond Chandler, o como un profesor de geografía e historia disfrazado de Humphrey Bogart en *El sueño eterno*. Llevaba más de dos décadas concursando en certámenes y conocía su funcionamiento. Por eso me aconsejó que dejase de tener aspiraciones. Eso me haría libre para escribir sabiendo que ninguna editorial tendría interés en mis textos y que los lectores no pagarían por mis libros. Era una reflexión triste, pero con el paso de los años él había comprendido que se podía vivir en los márgenes, eso me aseguró. La literatura es otra cosa. La literatura no son las editoriales, ni ganar el Premio Planeta o el Nadal. Tampoco el suplemento *Babelia*. Eso también me lo dijo él. Estaba fumando. O a mí ahora, al recordarlo, me gusta imaginar que fumaba porque eso le da a la escena un aire más cinematográfico, con su rostro y su sombrero marrón de ala ancha envueltos en volutas de humo. «Tienes talento, no lo desperdicies intentando que lo reconozcan quienes nunca tendrán interés en él», me aconsejó. Asentí; lo hice como imaginé que asentirían sus alumnos adolescentes cuando les explicase las diferencias entre Guinea-Bisáu y Guinea Ecuatorial. Asentí y luego me fui andando al hotel y dormí en una cama que no era mi cama y tuve una pesadilla. Soñé con Ignacio del Valle montado a lomos de un dragón escupiendo fuego por la boca. El fuego salía de la boca de Ignacio del Valle, no de la boca del dragón, que parecía un animal manso. Lanzaba llamaradas gigantescas que convertían en ceniza las calles de una ciudad medieval en la que todas las mujeres tenían el rostro de Maruijta Díaz y todos los hombres vestían gabardina y sombrero marrón de ala ancha.

Yo no había leído ningún libro de Ignacio del Valle. Tampoco de Miguel Sánchez Robles. Pero una semana después de nuestro encuentro en el Hogar Extremeño de Zaragoza saqué una de sus novelas de la biblioteca. El libro había ganado el Premio de Narrativa de la Diputación de Córdoba y lo había publicado la Editorial Algaida. Lo leí deseando que no me gustara. Quería que Miguel Sánchez Robles fuese un escritor pésimo. Un cincuentón resignado y cascarrabias. Un vendedor de ceniza que disfrutaba arrebatándole la ilusión a los que comenzábamos a recorrer un sendero en el que él había fracasado. Me detuve en la página cincuenta. Lo hice porque me resultó más sencillo cerrar el libro que darle la razón.

❖

Dejé de presentarme a certámenes literarios y escribí una novela. Mi primera novela. Envié el manuscrito a Anagrama y a Alfaguara y a Destino y a Tusquets y a Seix Barral y a 451 Editores y a Alfabia y a Ediciones del Viento y a Lengua de Trapo y a Planeta y a Punto de Lectura y a Mondadori y a Pretextos y a Espasa y a Acantilado y a Minúscula y a Salamandra y a RBA y a Alianza Editorial y a Edhasa y a Grijalbo y a muchas otras editoriales que no recuerdo. Pasé una tarde entera en la librería de El Corte Inglés anotando las direcciones postales y los correos electrónicos que aparecían en las primeras páginas de los libros que se agolpaban en las mesas de novedades. Solo respondió una. Un email de rechazo en el que aseguraban que mi manuscrito les había gustado y en el que alababan mi destreza con las letras y en el que confesaban sentir profundamente tener que declinar mi propuesta de edición. En el cuerpo del correo electrónico aparecía un enlace a su página web. Entré para ver su catálogo y navegar entre todos esos otros autores que habían tenido más suerte que yo. No conocía a ninguno. Pero eso no significaba nada. Tampoco conocía a Ignacio del Valle, aunque una productora estuviese a punto de llevar al cine su última novela. Ni a Miguel Sánchez Robles, aunque hubiese ganado cuatro o cinco millones de premios. En el apartado de noticias anunciaban las bases de la cuarta edición del premio de novela que convocaba la editorial. Decidí presentarme. Envié el manuscrito que habían rechazado de vuelta a la editorial. Lo envié desde la misma cuenta de correo electrónico que había usado la primera vez. Lo envié a la misma cuenta de correo electrónico desde la que me habían asegurado que mi texto no tenía la calidad suficiente para entrar en su catálogo. Lo envié y esperé. Tardaron noventa y siete días en contestarme. Lo hicieron con un nuevo correo electrónico. Desde su misma cuenta. A mi misma cuenta. Un correo electrónico en el que me anunciaban que había ganado su certamen de novela y que iban a publicar mi libro.

Se olvidaron de mí en la presentación. Había una mesa y una decena de sillas y allí se fueron acomodando todos. Tomó asiento la directora de la editorial y el marido de la directora de la editorial y los miembros del jurado y algunas otras personas más. Todos menos yo. Era la presentación de mi libro, pero yo no intervine. Ni siquiera estuve presente. Me quedé entre el público, escuchando a un puñado de desconocidos hablando de una novela que no habían escrito. Cuando el acto oficial terminó y comenzó el turno de preguntas, una persona del público quiso saber a qué se debía la dedicatoria tan peculiar con la que se abría el texto, pero nadie pudo responder a la pregunta porque solo yo conocía el motivo y se olvidaron de mí en la presentación de mi libro.

La directora de la editorial era rubia y era bajita y estaba gorda y hacía equilibrios sobre unos tacones de treinta centímetros que convertían su cuerpo en una peonza de carne y huesos. Me acompañó hasta el hotel. Cogimos un taxi porque le dolían los tobillos. Me preguntó si estaba contento, me lo preguntó de esa forma en que una madre le pregunta a su hijo si le ha gustado la película al salir del cine. Me lo dijo y sonrió. Su cara era redonda como la luna de Georges Méliès. Tenía carmín rojo en los dientes. Nos despedimos. Me dio dos besos y me aseguró que estaríamos en contacto. No lo estuvimos. Le escribí un email para preguntarle por el libro algunos meses después. Quería saber si estaba gustando y si se estaban vendiendo ejemplares. No me respondió. Le volví a escribir dos semanas más tarde. Le envié el mismo mensaje insinuando que quizá no lo había recibido. Tampoco hubo respuesta. Ni siquiera contestó cuando, transcurrido un año, quise saber si la editorial estaría dispuesta a publicar otro texto mío.

En la película *Birdman*, de Antonio González Iñárritu, Michael Keaton dice que la fama es la hermana promiscua del prestigio. O quizá lo dice Edward Norton. No lo recuerdo. Aunque supongo que el significado de la frase sigue siendo el mismo más allá del actor concreto que la pronuncie. Yo no soy famoso, pero algunas veces me gusta actuar como si lo fuese. Un famoso al que nadie conoce. Esta última frase tampoco es mía. Ni de Ignacio del Valle. La leí en el libro *Lo que más me gusta es rascarme los sobacos*. Un libro que no es un libro. Un libro que es una larga entrevista realizada por la periodista italiana Fernanda Pivana al escritor Charles Bukowski. En el libro que no es un libro, Bukowski cuenta que algunas veces —en pleno estado etílico— grita su nombre en voz alta y repite una y otra vez que es el escritor más famoso de su generación. Entonces Linda Lee —que es su esposa y la persona que suele acompañarle en las borracheras y en las resacas— se ríe de él asegurándole que es el único famoso del mundo al que nadie conoce. En el libro que no es un libro, la anécdota se narra en presente. Y es por eso por lo que yo también lo hago así, aunque el encuentro entre la periodista y el escritor se celebrase en 1982. Y aunque Charles Bukowski lleve muerto desde 1994 y Fernanda Pivana desde 2009. Linda Lee es la única de todos ellos que continúa viva. La entrevista que se acabó convirtiendo en un libro que no es un libro tuvo lugar en 1982. El año que yo nací. Ese mismo año 1982 Julio Cortázar y Carol Dunlop —ya ambos en la etapa final de su vida— se montaron en una Volkswagen Combi destartalada y recorrieron con ella la carretera que une París con Marsella escribiendo a su paso *Los autonautas de la cosmopista*. También en 1982 a Gabriel García Márquez le concedieron el Premio Nobel de Literatura por —en palabras de la Academia Sueca— «escribir novelas e historias cortas en las que lo fantástico y lo real son combinados en un tranquilo mundo de imaginación rica, reflejando la vida y los conflictos de un continente». Yo no soy famoso. Nadie me citará en un libro —dentro de dos o tres décadas— diciendo que nací en 1982, el mismo año que Fernanda Pivana le realizó una entrevista a Charles Bukowski y el mismo año que Julio Cortázar y Carol Dunlop escribieron *Los autonautas de la cosmopista* y el mismo año que Gabriel García Márquez obtuvo el Premio Nobel de Literatura.

❖

La hija de Tristán Ulloa y mi hija son compañeras de clase. Coincidimos todos los días al dejarlas en el colegio y a la hora de la salida, cuando vamos a buscarlas. El resto de padres y madres suelen observarle con atención. Le miran mientras camina hacia la puerta de entrada del centro y cuando coge a su hija en brazos y la besa. Le miran porque es famoso. En su perfil de Instagram acumula más de treinta y cuatro mil seguidores. Cuelga fotografías y escribe las descripciones en español y en inglés. Lo hace así porque entiende que entre esas más de treinta y cuatro mil personas hay ciudadanos de diferentes partes del mundo. Tristán Ulloa es famoso y a mí no me parece justo. Tristán Ulloa no es más que un fantasma. Un tipo que enseñó la polla en Lucía y el sexo y luego desapareció. Lo más probable es que aquella polla ni siquiera fuese su polla. Lo más probable es que aquella polla fuese la polla de algún actor porno al que nadie conoce. Si una tarde cualquiera sacase un *Smith and Wesson* del bolsillo del pantalón y apuntase con él a todos los padres y madres que esperan a sus hijos y les dijese que la única forma de salvar su vida fuese diciéndome el título de las tres últimas películas protagonizadas por Tristán Ulloa, lo más probable es que la puerta principal del colegio en el que estudia mi hija y la hija de Tristán Ulloa se convirtiese en una masacre. Seguramente tendría que matarlos a todos y después, si me hiciese a mí mismo la pregunta, no me quedaría más remedio que colocarme el cañón en la sien y volarme la tapa de los sesos. Aun así, todos nos quedamos mirando a Tristán Ulloa mientras le vemos caminar hacia la puerta de entrada del centro y coger a su hija en brazos y besarla. La fama es la hermana promiscua del prestigio. Ya lo dijo Michael Keaton. O Edward Norton.

En la clase de hoy del taller de escritura creativa que coordino hemos hablado de la creación de personajes. Me gusta comenzar la clase sobre la creación de personajes contándoles a mis alumnos eso que dice Richard Ford. Richard Ford asegura que cuando él comienza una novela, le busca un trabajo a su protagonista y le asigna un sueldo y piensa en qué se gastará hasta el último dólar. Al hacerlo se ve obligado a crearle rutinas, a decidir si prefiere vestir un tipo de ropa u otra. Si cocina o come fuera. Si vive de alquiler o tiene una casa en propiedad. Es un buen sistema. El sistema para la creación de personajes de Richard Ford es un buen sistema y Richard Ford es un buen escritor. *Canadá* es una de las novelas que me habría gustado escribir. Además es una de mis favoritas. Eso no tiene por qué coincidir. No siempre lo hace. También me habría gustado escribir *Ataúdes tallados a mano*, de Truman Capote. Pero *Ataúdes tallados a mano* no es uno de mis libros preferidos. Me ocurre lo mismo con *Honrarás a tu padre*, de Gay Talese. O con E*l extranjero*, de Albert Camus. O con *La vida que salvéis puede ser la vuestra*, de Flannery O'Connor. Los hubiera escrito todos, pero disfruto más leyendo *Dibujos animados*, de Félix Romeo. O *La teoría del arte versus La señora Goldgruber*, de Nicolás Mahler. *Canadá* aparece en ambos listados. *Desgracia*, de J.M. Coetzee, también. Pero no siempre ocurre. Primero les cuento el sistema para la creación de personajes de Richard Ford, luego reparto los apuntes teóricos y por último les hablo de Bernardo Bertolucci. De la escena de la mantequilla en su película *El último tango en París*. Maria Schneider no conocía esa secuencia. No sabía que iba a rodarla cuando se presentó en el plató. Marlon Brando sí lo sabía. Lo sabía porque se lo había contado Bernardo Bertolucci. Ambos buscaban autenticidad y les pareció que el precio que debían pagar para lograrla no era tan elevado. Por eso lo hicieron. La escena es un icono del cine. Maria Schneider no sabía lo que le iba a ocurrir esa mañana, pero no lo olvidó nunca. Tenía diecinueve años. Marlon Brando la tiró al suelo y se tumbó sobre su espalda y la inmovilizó y le llenó el culo de mantequilla utilizando dos de sus dedos. Luego le bajó los pantalones a ella y se los bajó él también. Maria Schneider continuó haciendo películas hasta su muerte en el año 2011. Cuando ya estaba muerta, Bertolucci apareció en un programa de televisión para pedirle perdón. Dijo que lo hizo porque no le bastaba con que ella fingiese una humillación, sino que necesitaba que realmente se sintiera humillada. Dijo eso y luego le pidió perdón. Lo hizo en directo. En un programa de televisión. Le pidió perdón a Maria Schneider aunque ella ya estuviese muerta. Se disculpó con un cadáver. La película obtuvo dos nominaciones a los premios de la academia de cine. Una para Bernardo Bertolucci por su trabajo como director y otra para Marlon Brando por su interpretación. Ninguno se hizo con la estatuilla. Maria Schneider ni siquiera fue nominada. Tras su estreno en cines, Pauline Kael —la afamada crítica del periódico *The New Yorker*— escribió en su columna semanal que la cinta le había parecido «un trabajo valiente e imaginativo». Mis alumnos se escandalizan con la historia y el tiempo pasa volando. Siempre ocurre lo mismo. Yo finjo que lo que les cuento me importa y también finjo que me importan sus opiniones. Pero lo cierto es que mientras ellos hablan, contemplo la esfera de mi reloj esperando que el minutero haga su trabajo. No tengo muy claro si el abuso que sufrió Maria Schneider no me afecta porque he contado esa misma historia una y otra vez a lo largo de la última década, o porque he llegado demasiado lejos —como les ocurrió a Brando y a Bertolucci— en mi propio proceso de creación de personajes.

La primera vez que apareció el personaje de ficción en el que me he acabado convirtiendo fue en una entrega de premios. Todos los finalistas tuvimos que asistir. Éramos cinco. Fue allí donde la conocí a Margarita; nos tocó sentarnos juntos. Su manuscrito llevaba por título: *Con lo bien que estábamos cuando estábamos regular*. A mí aquel título me parecía propio de una novela rosa de bolsillo y lo descarté como aspirante al premio. Acabó ganando ella. Nos sentaron juntos, pero no hablamos demasiado. El acto parecía una de esas bodas a las que asistes por compromiso y en las que no conoces a ningún otro invitado. Sirvieron foie. Margarita no comió. Cuando el camarero fue a dejar el plato frente a ella, lo rechazó asegurando que no podía tomarlo porque de niña tuvo un pato como mascota. El mismo camarero regresó diez minutos más tarde para rellenar nuestras copas de vino. Yo coloqué la palma de mi mano derecha sobre el vidrio y le pedí que no lo hiciera. «No puedo tomar más vino —le aclaré— porque de niño tuve un pato como mascota». El camarero sonrió. Margarita no.

El presidente del jurado era Luis Mateo Díez o Luis Landero o cualquier otro de esos señores mayores elegantes que publican con Tusquets o con Alfaguara y cuyos libros siempre acaban en las estanterías de las personas que solo leen durante las vacaciones de verano.

El galardón tenía forma de árbol. Era de plata o parecía de plata. Un tronco ancho y circular, con una copa repleta de ramificaciones. Era bonito y grande. Margarita subió a recogerlo y a pronunciar un discurso. Nos aseguró que quería decir muchas cosas, pero que no era capaz de recordarlas, así que en lugar de pronunciar un discurso nos habló de Denis Diderot. Diderot era un escritor al que una noche invitó Jacques Necker a cenar en su casa. Necker acababa de ser nombrado responsable de las finanzas de la monarquía francesa por Luis XVI y a sus cenas solían acudir las personalidades más ilustres de la vida social parisina. La velada transcurrió con normalidad hasta que Necker interpeló a Diderot en tono severo, cuestionando su obra y su trayectoria profesional. Ante la exposición razonada y llena de justificaciones de su interlocutor, Denis se quedó en blanco y no fue capaz de articular palabra. Apuró su bebida, se dirigió a la salida y abandonó la residencia en silencio. Humillado, mientras recorría la docena de peldaños que le separaban de la puerta principal de la vivienda, se le ocurrió la respuesta perfecta. Una respuesta que le habría servido para desarmar a su contendiente y ganarse el respeto y la admiración del resto de comensales, pero ya no había nadie a su alrededor dispuesto a escucharla. Y fue entonces cuando, a esta incapacidad de encontrar las palabras idóneas en el momento oportuno, Denis Diderot la denominó *L'esprit de l'escalier* —El síndrome de la escalera—. Han pasado más de trescientos años desde aquella noche y a la gente le sigue ocurriendo lo mismo. Margarita terminó el discurso que no había sido un discurso y regresó a la mesa. El resto de finalistas —ya desde nuestra nueva condición de perdedores— la felicitamos por su galardón.

Me escribió un par de semanas después. Me dijo que una amiga y ella estaban pensando montar una editorial de libros electrónicos. Me dijo también que el libro en papel estaba muerto y que en cinco años se venderían menos libros de papel que discos de vinilo. Me propuso publicar un manuscrito con ellas. Le contesté aceptando su propuesta, le adjunté una colección de relatos y le pregunté si ya se le había ocurrido un discurso ingenioso. Nos vimos un mes después. En un bar de dos plantas. Tomamos café con leche. Pagué yo. Nos sentamos en la planta superior, desde la que se podía ver una plaza. Eran las cuatro de la tarde o quizá las cinco. Varios grupos de niños jugaban al fútbol usando sus mochilas como porterías. Margarita traía mi manuscrito impreso. La editorial solo publicaba libros electrónicos pero las revisiones las hacían en papel. En cada una de sus hojas había algún comentario. Los vimos todos. Uno tras otro. Fui tomando nota de sus sugerencias. Al terminar, Margarita me aseguró que el texto les había gustado. Le había gustado a ella y también a su socia. Su relato preferido era aquel del tipo que se pone en huelga de hambre, el primero que le envié a Juan Carlos. Ninguno de los comentarios que había incluido en el manuscrito proponía cambiar el término motel por el de pensión. Según me aclaró Margarita, el único problema importante que le habían encontrado eran los diálogos. «¿Quieres que te enseñe a escribir diálogos como Chuck Palahniuk?», me propuso. «¿Chuck Palahniuk te enseñó a escribir diálogos?», pregunté sorprendido. «No —respondió sonriendo—, pero mi manera de escribirlos es muy parecida a la suya». Yo había leído cuatro novelas de Chuck Palahniuk: *Error humano*, *Asfixia*, *Monstruos invisibles* y *Snuff*. Me gustaban sus libros y también sus diálogos, pero lo único que había leído de Margarita eran los correos electrónicos que habíamos intercambiado, así que preferí no arriesgarme y le dije que intentaría mejorar el borrador usando los consejos que había ido anotando en nuestra charla.

La presentación tuvo lugar unos tres meses después de aquel encuentro en el Hotel Kafka, una escuela literaria ubicada en el centro de Madrid y que era la competencia directa del centro en el que yo impartía mis talleres. Era un evento triple, por un lado se celebraba la inauguración de la editorial y, por el otro, el lanzamiento de sus dos primeros libros. En total no seríamos más de veinte personas. Contando a mis amigos y a los del otro escritor que estaba sentado a mi lado. En el espacio que nos cedieron habían colocado al menos cincuenta sillas. Quizá sesenta o más. Ni siquiera llegábamos a veinticinco. El número de sillas vacías superaba holgadamente al de las ocupadas. Aun así, Margarita inició su intervención asegurando que las cosas estaban cambiando. Que aquel día era el primer día para su editorial y el principio del fin para las editoriales convencionales. También dijo que su socia y ella se habían conocido el año que David Foster Wallace se suicidó. No la semana que ocurrió. Ni siquiera el mes. Ambas se conocieron el año en que David Foster Wallace se ahorcó en su casa de Claremont, en California. Decir aquello, en cierta forma, era un poco como decir que su socia y ella se habían conocido el año que murió el piragüista Ivar Mathisen o el año que murió la escritora Ludu Daw Amar o el año que murió el percusionista Tata Güines o el año que murió la pedagoga Berta Perelstein de Braslavsky o el año que murió la mezzosoprano Margarita Kenny o el año que murió el luchador Killer Kowalski. Decir aquello, en definitiva, era un poco como no decir nada.

Firmé el contrato el día de la presentación, cuando el libro ya estaba editado y puesto a la venta. Seis años.

Ese fue el tiempo establecido en el que yo les cedía los derechos de mi obra para que ellas la distribuyesen.

Se vendieron veintisiete ejemplares del libro. No en la presentación, se vendieron veintisiete ejemplares durante todo el tiempo que duró el contrato. Veintisiete ejemplares vendidos en dos mil ciento noventa y un días.

Quizá el responsable de todo aquello fuese Denis Diderot y su *L'esprit de l'escalier*. Quizá esos veintisiete ejemplares vendidos fueron la respuesta perfecta que encontró Margarita a mi broma sobre la mascota que tuvo durante su infancia.

Cuarenta años y tres días. El jueves fue mi cumpleaños. Hoy es domingo. Acabo de cumplir cuarenta años y es domingo y estoy en Alguazas. He venido hasta aquí para recoger un premio. Otro más. Ya van ciento setenta y tres. He quedado en segundo lugar. Si estuviera viva, seguro que Marujita Díaz se sentiría orgullosa de mí. La entrega se realiza en la Iglesia de San Onofre. En un patio cuadrado en el que han habilitado alrededor de cincuenta sillas. Entre los asistentes, los ganadores, los miembros del jurado y el personal del ayuntamiento no seremos más de veinte personas. La población de Alguazas es de nueve mil seiscientos habitantes, pero hoy es domingo y hay fútbol y Fórmula 1 y motociclismo y hace frío y cualquier excusa es buena para saltarse una entrega de premios literarios en la que no está previsto que haya comida. Alguien dice mi nombre y me invita a acercarme a un atril para pronunciar un discurso. Me levanto y me dispongo a dar las gracias de la misma forma en que lo he hecho las últimas dos décadas. Felicitando a la organización por la iniciativa, compartiendo el premio con el resto de participantes y expresando felicidad por la elección de mi texto. Ajusto el micrófono para que quede a la altura de mis labios y comienzo a hablar, pero lo que digo no se parece en nada al discurso que había imaginado que pronunciaría.

¿Cuándo dejó de tener sentido todo esto? ¿Cuándo escribir se convirtió en un trabajo de oficina de cuarenta horas semanales en el que fichas al entrar y al salir? Tenía diecinueve años cuando me llamaron para decirme que uno de mis relatos había quedado finalista en un certamen. El primer premio que gané no fue un premio, fue una mención como finalista. Iban a publicar un libro —un folleto a decir verdad— con el ganador y el resto de seleccionados y querían que les enviara una fotografía, para eso me llamaban. Recuerdo que colgué y fui a la peluquería y después de ir a la peluquería regresé a casa y me puse mi mejor camisa y luego entré en un estudio fotográfico y les pedí que me hicieran un retrato. Me senté y posé. No lo había hecho nunca, pero posé como imaginaba que harían los escritores de verdad. Y ese día, aunque fuese solo durante unos minutos, apareció por primera vez el personaje en el que me he acabado convirtiendo. Hace poco leí una entrevista al dramaturgo Juan Mayorga en la que aseguraba que todos somos seres ficticios en los relatos de los demás y también en los nuestros. Estoy de acuerdo. En mi caso la ficción le ha acabado ganando la partida a la vida real. El personaje de ficción que he creado tiene éxito. Escribe relatos y gana premios y le dice a todo el mundo que ha cumplido su sueño de ser escritor. A mi personaje le va mejor que a mí. La persona real sabe que nadie quiere publicar las novelas que escribo y que ese es el motivo por el que sigo compitiendo con mis relatos de pueblo en pueblo, como una orquesta o un circo ambulante. Por eso la persona real cada vez ocupa un espacio más pequeño dentro de mí. Casi nunca aparece, no la dejo salir. Prefiero al personaje que he inventado. ¿Alguien de los aquí presentes ha visto la película *El rey pescador*? Es de los noventa. Una película dirigida por Terry Gilliam y protagonizada por Jeff Bridges y Robin Williams. En la cinta, Williams interpreta a un vagabundo. Eso parece al principio, pero luego descubrimos que su historia es mucho más compleja de lo que aparenta. Lo cierto es que el personaje interpretado por Robin Williams era un prestigioso profesor universitario, un tipo con una vida exitosa. Respetado en su trabajo, casado con una mujer a la que ama… Todo va sobre ruedas para él, hasta que una noche un desequilibrado entra en el restaurante en el que está cenando junto a su esposa y la asesina ante sus propios ojos. No logra superarlo. No consigue dejar atrás el trauma ocasionado por la muerte. El duelo puede con él y acaba inventando un personaje de ficción. Decide olvidar su vida, dejar de ser el profesor de historia viudo para convertirse en una persona nueva. Porque si no recuerda, no sufre. Lo increíble de esto es que el personaje interpretado por Robin Williams tomó el mismo camino que el propio Robin Williams. Cuando el actor aparecía en televisión, cuando le realizaban una entrevista o promocionaba una película, parecía un tipo divertido, ingenioso y afable. Un tipo divertido que acabó ahorcándose en su casa. Se ajustó un cinturón al cuello y ató el otro extremo al armario de su habitación. Fue así como encontraron su cadáver. Tres meses después del fallecimiento, cuando le entregaron el informe oficial de la autopsia, su viuda descubrió que Williams llevaba años luchando contra la Demencia con cuerpos de Lewy, una enfermedad neurodegenerativa e irreversible. Una enfermedad que nadie sabía que sufriera, ni siquiera su esposa. Robin Williams pasó años intentando ser uno de los personajes que interpretaba. Pasó años intentando enterrar su propia realidad bajo una losa de ficción. Pero no lo logró. Dos años más tarde, Susan Schneider, su viuda, publicó una larga carta en la prensa en la que explicaba todo lo que yo acabo de resumir y hablaba de la lucha de su marido por intentar aparentar normalidad, por ocultarle a su familia lo que realmente le ocurría. El texto llevaba por título: *El terrorista dentro del cerebro de mi marido*. Todos somos seres ficticios en los relatos de los demás y también en los nuestros. Y solo nosotros podemos decidir el espacio que habita la persona real y el que le dejamos al personaje que hemos inventado. Solo nosotros. Muchas gracias.

ÍNDICE